死に戻り令嬢は憧れの悪女を目指す

暗殺者とはじめる復讐計画

2

アッシュ・ユーリフェリス・クレスタ
元暗殺者。今はなきクレスタ州議長を父に持つが、現在は相続権を全て放棄、妹と双子に全てを譲っている。故郷への一時帰還を通して、キサラが堂々と生きられる道を模索する。
キサラ・アーネスト
元悪名高い公爵令嬢。己の悪名を受け入れながら、アッシュの故郷を燃やした亡き父の罪と向き合おうとする。アッシュとの関係は「相棒」だと思っているようだが、実際は……？

ビナリッダ・デリア
アッシュを婚約破棄した元婚約者。
デリア家の長であり魔術師。
復讐というヴィルカスの禁忌を犯した
アッシュを憎悪し、ユーリフェリス家の
者たちに危害を加える。
フレイヤ・ユーリフェリス・
クレスタ
アッシュの妹。身内への情に厚くて
気が強く、考えるより先に手が
出るタイプ。アッシュが連れてきた
キサラに対して苛烈な態度を
取り続けるが……？
シルネレーム・ユーリフェリス・
クレスタ
通称シルネ。リヤとは双子でアッシュの
末妹。次期クレスタ州議長候補。
内向的だが言いたいことはリヤの口を
借りて言うタイプ。大人びている。
リヤマルス・ユーリフェリス・
クレスタ
通称リヤ。シルネとは双子でアッシュの
末弟。次期クレスタ州議長候補。
責任感が強く、年の割に背伸びをした
話し方をする。本当は無邪気な子供。

CONTENTS

死に戻り令嬢は憧れの悪女を目指す

暗殺者とはじめる復讐計画

2

プロローグ　元暗殺者の願い

「見事な狙撃でしたね。暗殺も同じ手順で？」

獲物《えもの》を捌《さば》く俺の背中に、場に似使わない男の声がかかる。

ヴィクトーが一人、雪の森を背景に微笑《ほほえ》んでいた。

「驚かないのですね。気配を殺していたつもりでしたが、本職の方にはかないませんね」

再び作業に戻る俺の背に、ヴィクトーは独り言のように続ける。

「年内には革命裁判所が閉鎖します。貴族を殺しすぎて国際社会から孤立し始めましたのでね」

よい知らせだ、そう思いながら口に出さず、俺は皮を剥《は》ぐ。

急いで皮を剥ぎ内臓を出さなければ肉が臭くなる。

「発表後から貴族狩りが再び活発化しました。僕が既に袂《たもと》を分かった連中も、雪解けを待って北上してくるようです。国境のイヴォーリテ《ここ》まで来るには時間がかかるでしょうが、ね」

「……キサラ・アーネストの断罪はどうなった」

「クラーラ・ロンベル・デイヴィズが主となって根回しを。革命裁判に彼女《キサラ》の名が挙がる可能性は、今は五分五分かと。彼女の悪評は相変わらずですが、王太子の暴虐《ぼうぎゃく》のおかげで世論の流れは変わってきていますがね。だからこそ準備段階の今、彼女が過激派に見つかってしまえば勿体《もったい》ない。さっさと殺せと息巻く連中は多い」

話は終わった。俺は手を止めて立ち上がった。

「処理を終えた毛皮はいつもの商人に渡している。それに入れている」

こちらの言葉にヴィクトーはにっこりと笑った。

「ありがとうございます。こちらも港までの脱出ルートはご要望通り確保しています」

ヴィクトーと正体を打ち明けて繋《つな》がっていることは、キサラには伝えていない。キサラにこそ明かしたくない過去の情報の切り売りをして、俺は最果ての地イヴォーリテにあっても最新の王都情報を仕入れていた。

ふと、遠い目をしてヴィクトーは呟《つぶや》いた。疲れた声だった。

「……あなたのおかげで、僕は彼女を殺さずに済んだ。感謝していますよ、アッシュ」

内臓まで処理をしたところで、顔を上げるとヴィクトーはいなかった。

感謝の言葉を聞くのは初めてだった。ヴィクトーと会うのは最後になりそうだ。

彼がいた真っ白な雪上に薄い封筒がひっそりと置かれていた。

手袋を外して拾い上げる。

――それは、ヴィルカスからの手紙だった。

森を抜け、イヴォーリテの街に戻る道を帰路につく。

雪で白くなった道に、俺の目前に、見慣れた小柄な背中が見えた。

キサラは無邪気に微笑む。短い髪をマフラーの上で柔らかく広げ、鼻の頭を寒さで赤くして。

「おかえりなさい」

獣《けもの》臭い匂いをしているだろうに動じず、彼女はこちらに駆け寄ってくる。

キサラは何も知らずただ穏やかに、集落でささやかな幸せを享受《きょうじゅ》していた。

彼女には、ずっと今のように穏やかに笑っていて欲しい。

——キサラを死なせたくない。

俺にとって、既にキサラはただの相棒以上の存在になっていた。

しかしどんなに願っても仮初《かりそ》めの逃亡生活は、遅かれ早かれ終わるのだ。願うだけでは。

着込んだコートの胸ポケットに意識を向ける。そこには先ほど拾った手紙が入っている。

——王国を出て、キサラをヴィルカスに連れて行くための手紙だった。

第一章　ヴィルカス連邦へ

「お母さん、遠い親戚の皆さん、おはようございます。今日も見守っていてください」

夜明け前、私は共同墓地の入り口に跪《ひざまず》いて祈りを捧げる。

帰る住まいは、行商人夫妻に冬の間の管理を任された仮住まいだ。

国境の街イヴォーリテにて、私は母の家名、キサラ・グノーシュとして暮らしている。

残念ながらグノーシュ家は断絶して、街には誰も住んでいなかったが、役所には母の記録とグノーシュ家の墓は遺《のこ》されており、私は無事に役所からグノーシュ家の娘として戸籍を受けていた。

雪深いこの街では市民活動家の腕章を見ることはない。

母の故郷で、母にもらった希望《キサラ》の名前で、私は平和に暮らしていた。


アッシュが神妙な顔で一通の手紙を見せてきたのは、昼食を済ませた後のことだ。

「ヴィルカスに戻る算段がついた。叔父《おじ》――トーヴァ・ユーリフェリス・クレスタ州議長代理から手紙が届いた。海路で帰国の手筈《てはず》が整ったとさ」

「海路って……前にアッシュの同胞の方々を船に乗せたあのルート？」

陸路で帰ることばかりを考えていたので、最もアッシュの故郷に近いイヴォーリテにいた。けれど陸路の復旧前に戻れるのなら、それが一番だ。

「良かったじゃない、おめでとう」

「一緒に来てくれないか、キサラ」

「えっ」

「もうすぐ行商人夫婦も戻ってくる。あんたも新しい居場所を探す必要があるが、国内はまだ安全じゃない……叔父も、あんたに会いたいと言っている。ちょうどいいだろう?」

私はすっかり、家を引き渡した後のことを考えていなかった。

——アッシュとの暮らしが永遠に続くような気がしていた。平和ボケしていたのだ。

「でも……キサラ・アーネストがヴィルカス連邦に足を踏み入れていいの?」

「ヴィルカスに連れて行くからには、あんたの安全は保証する。州議長代理の客としての待遇でもって、キサラを迎える。キサラ・アーネストと大々的には言えないが」

「でも……」

「勿論《もちろん》、あんたはもう無理にアーネストの名を再び背負う必要もない。行くのが辛《つら》いなら元市民活動家の繋がりで安全な場所を探してもいいし」

「それなら……アッシュと一緒に行くわ」

「いいのか」

「ええ。ご招待は喜んでお受けするわ。機会をいただけるなら、私は直接ヴィルカスに赴《おもむ》いて父に代わって謝罪したい。呼ばれておいて逃げるのは……私の憧れる『悪女』なんかじゃない」

私はかつて、舞台の悪女に憧れていた。

悪女は己《おのれ》の罪を、己の死と人生をもって清算した。

ならば私はこれから、私自身でどうなりたいのか考えていかなければならない。

「ところでヴィルカスに戻ったらあなたはどうするの？　もうそのまま故郷で暮らすのよね」

「そのことだが、俺は故郷では暮らせない。キサラを連れてヴィルカスに戻ったら、そのあと遅かれ早かれ国を出て暮らすつもりだ」

「嘘《うそ》よ。信じられないわ」

「本気だよ」

　思わず身を乗り出す。

「故郷に帰りたかったんじゃなかったの？　ごきょうだいもいるって」

「俺がいたら叔父の州議長の座が揺らぎかねない。俺が父――亡き州議長の子息ってのは覚えているだろ？」

「ええ。クレスタ州の州議長さんだったのよね」

「俺がヴィルカスに残れば、俺の正統性を主張して担《かつ》ぎ上げる派閥がでてもおかしくない。一応叔父の次は、俺の弟妹のどちらかが継ぐことになっているけどな」

「……そう。余計な揉《も》め事は起こしたくないのね」

　私は浮かした腰を下ろす。何も言えない。故郷で暮らしたかったとしても、国をめちゃくちゃにして今の現状を作ったのは、他の誰でもない私の父なのだから。

「キサラ」

　アッシュは、真剣な顔で私を見た。

「これからもずっと俺の側にいてくれないか？」

「そばに……？」

アッシュの両手の長い指が、テーブル上でしっかりと組まれている。ぎゅっと、手に力が籠《こも》る。

「キサラがそのつもりでいてくれるなら、俺はあんたと一緒にいたい」

言葉を切るアッシュの手を包み込むように、私はしっかりと握った。

「当然そのつもりだったわ。ヴィルカスに行ってお別れにならないのなら嬉しい」

アッシュは目を瞠《みは》る。アクアマリンの瞳が一際《ひときわ》輝いて見えた。

「キサラ……いいのか？」

「勿論よ。これからも末永くよろしくね、アッシュ」

アッシュは手をぎゅっと握り返してくる。その力強さに私も嬉しくなる。

手を取り合ったまま笑顔で答えた。

「末永く相棒《パートナー》として役に立ってみせるわ」

私が口にした瞬間。アッシュが一瞬、言葉を詰まらせる。

「ぱ……相棒《パートナー》……？」

「ええ。そうだわ、州議長代理の叔父様にも一緒にいたいって伝えなくちゃね。でもキサラ・アーネストでも認めて貰えるかしら……」

それはちょっと難しいような気がしてきた。

どうやって認めて貰おうかと悩んでいると、アッシュが顔を覆って俯《うつむ》いていた。先ほどまでの輝かんばかりの嬉しそうな様子は、すでに消えている。

「あ……アッシュ？」

「……そうだよな……。あんたは、そういう奴だったよな……。俺は……何を……勘違いして……」

アッシュは独り言のようにぶつぶつと言う。

私はうろたえた。どうやら言葉選びを間違えてしまっていたらしい。

「えっ……ち、違ったかしら？　嫌だった……？」

「あんたは悪くない。全く、悪くない。俺が悪い」

「どういうこと？　私、わからないわ」

アッシュは顔を上げると、澄んだ瞳でじっと私を見つめて訊ねた。

「ともかく……キサラはさ。どんな形であれ、今後とも末永く俺と一緒にいてくれるんだな？」

「ええ。私の気持ちは決まっているわ」

「……そうか」

アッシュはふっと微笑むと、大きな手でわしわしと撫でてくる。

「きゃっ、ちょ、ちょっと」

「これからもよろしくな、キサラ」

迷いが吹っ切れたような所作で、アッシュは立ち上がった。

「出かけてくる。すぐに戻るよ」

「行ってらっしゃい」

私は一人、家に残される。アッシュが触れた余韻の残った髪に手を触れた。

「……何か……間違えたかしら、私……」

アッシュはどんな気持ちで、私に側にいてほしいと言ったのだろうか。

わからない。

けれど戻ってきたアッシュは、私に小さな花束を渡してくれた。

「嬉しいわ。でもどうして？」

「なんとなく。相棒でいるって決めた記念日だから？」

「そう」

アッシュはそれ以上何も言わなかった。


数日後、雪解けと共に商人夫婦が帰ってきた。

家の引き渡しの準備や無事を祝う食事会を済ませたのち、私はアッシュと共に墓参りをした。

「お母様、遠い家族の皆様。私たちの道中をお見守りください」

私が祈りを捧げて戻ると、アッシュは墓地に建てられた女神の石像を見上げていた。

「うちの女神像とよく似てるな」

「もしかして私たち、遠いご先祖様は同じものを祀《まつ》っていたのかもね」

私たちは言葉にせずとも同じことを思い出していた。

女神の右目による『時巡り』。私たちの絶望と運命と、再生。

しばらくして、どちらからともなく立ち上がった。

私が雪道に足を取られないよう、アッシュは当たり前のように手を差し伸べる。手袋をした手を繋いで、私たちは墓地を出る。

振り返ると、全てはまた真っ白な雪に覆われていた。

イヴォーリテから列車で港町まで向かい、そこから中継地点の島までの船に乗る。

アッシュはいつの間にかチケットを用意してくれていたようで、私たちは最短のルートで港まで向かうことができた。市民活動家の話や貴族狩りの話をちらりと聞いたけれど、以前よりはずっと治安は落ち着いている。時代は刻々と移り変わっているのだ。

港町で既にヴィルカス人が堂々と銀髪で歩いていて驚いた。

「去年はこそこそしなきゃいけなかったのに……」

既に一部の港では交易が回復しているのは知っていた。それでも実際に目にすると衝撃的だ。隠す必要がないならと、アッシュも港町からは金髪を銀髪のおさげに戻していた。

「やっぱりアッシュの銀髪は綺麗ね。日差しの下で見ると、より一層輝いてみえるわ」

「……どうも」

ご機嫌にアッシュのおさげに触れる私に、アッシュはぶっきらぼうに返す。

「あのさ。触ってもいいけど、……ヴィルカス人が見てるところではやめろよ」

「わかったわ」

「……触るなって言ってるんじゃないんだからな。見てるところでは、って話だ」

「ふふ、わかってるわ」

すっかり三つ編みに触れる習慣がついてしまった私を、アッシュは人前以外では咎《とが》めない。アッシュももしかしたら、髪に触れられるのは嫌いじゃないのかもしれない。

船にはヴィルカスからやってきた出迎えの人がいた。

彼らはアッシュが連れた私を見て、困惑しているようだった。

「子息。そのお嬢さんは？」

「潜伏中に世話になったキサラだ。州議長代理の客人だ」

「ああ……州議長代理のお客様ですか」

州議長代理の名前を出すと、皆すぐに納得してくれた。それでも好奇と警戒の眼差《まなざ》しは船を降りる時まで私の背中に張り付き続けた。


船旅が無事に終わり、少し肌寒い風に身震いしながら外に出る。

タラップを降りた先の景色に、私は目を奪われた。

港町を包み込むように聳《そび》え立つ山。空の半分ほどを占めているかと勘違いするほどの大きな山の姿に私は息を呑んだ。白く雪がかかっている岩肌は、遠近感が混乱するほど大きくて。

呆然《ぼうぜん》とする私の背中をアッシュが叩く。

「ほら、後がつかえてんぞ」

「え、ええ……」

言われるままに港に降りる。どんなところだろうと緊張していたけれど、意外と王国の港町とそう変わりない雰囲気だった。建物の屋根が綺麗な急勾配であることと、ペンキの色が鮮やかで統一感があること、それに道ゆく人たちの装いと髪色が違っていることくらいで、『獣の民《ヴィルカス人》』と王国民が誇《そし》るような国には、とても見えなかった。

「どこもかしこも粗末な家で牛でも歩いてると思ったか？」

「ひゃっ」

どきりとして振り返ると、苦笑いするアッシュが見下ろしていた。

「安心しろよ。田舎の方に行くとあんたが期待した景色に近いものがあるぜ。ただ人の往来が多い場所は、この程度の街並みは整ってるよ」

アッシュに案内されながら、私たちは送迎の馬車に乗る。見たこともない馬が馬車を引いていた。私の知る馬よりも、首も足もずっと太い、ふかふかの毛並みの馬だった。それが四頭連なって、頑丈な車体に括《くく》り付けられている。

かくして馬車は石畳の街並みを抜け、山とごつごつした岩の目立つ草原の合間の道を進んでいく。なぜか全く座席の振動がない。アッシュに尋ねると、彼は座席の足元を指さした。

「ここからは見えないけど、魔石が入ってる。車輪と車体の間の衝撃を緩和させるように、反発し合うようになってるんだ」

「……なるほど？」

よくわからないけど、とても快適だ。ソファが並行移動しているような心地にすらなる。

私は外を見た。時折近くや遠くに見える林の木々も王国とは随分と形が違っている。前方から吹き続ける風は冷たく湿っていて、空気の気配が王国とは全く違う。

澄んだ匂いの風が吹き抜け、視界が開けた。湖だ。

湖面は草原と針葉樹林の緑、そして高い山脈を映していた。まるで湖の中にもう一つの世界があるかのような、鮮明な映し絵に目を奪われる。道は湖畔ぎりぎりのところを通り、緩《ゆる》やかに蛇行する道をゆく馬車に乗っていると、まるで湖を進んでいるかのような錯覚に襲われる。

「素敵なところね……アッシュ」

感動を口にしてふと隣を見ると、アッシュは腕組みして眠っていた。

私はそっと、アッシュに肩をもたれさせて目を閉じた。日差しと体温が、ちょうど心地よい。

この幸せを一生感じていたい。アッシュと一緒にいたい。これからもずっと。

アッシュの叔父様——州議長代理に認めて貰わないと。

ヴィルカス連邦においての立場を王国の身分制度と対比させるのは難しい。

貴族階級というものは置いていないという建前になっているからだ。

他国王家の承認を得た貴族だけが正式な貴族と認められることに反発が起きたとか、他国支配を撥《は》ねつけた歴史の経緯だとか、色々事情はあるらしいのだけど——ともあれ、アッシュの生まれが公爵令息くらいの立場なのは確かだ。連邦を構成する五州、そのクレスタ州の州議長の次男だったのだから。

湖のほとりに見える大きな街を指さし、アッシュが説明する。

「あれが首都。ヴィルカス連邦の五つの州議会が行われる中立の街となっている。そして……」

指を湖にそって少し遠くに動かす。切り立った山の谷底となった一角に、茶色の屋根が等間隔に立ち並ぶ集落が示される。

「あれが保養地ジラガーツだ。俺と同じ集落だった人のうち、半分が仮住まいしている」

「アッシュの家族もいるの？」

「……ああ」

それから首都に近づくにつれて、アッシュの表情が険《けわ》しくなっていく。

首都に到着し降車すると、揃いの青い長衣を纏《まと》った男性陣に出迎えられた。

「子息。ご帰還長らくお待ち申し上げておりました。お疲れでしょう、どうぞこちらへ」

「休む前に州議長代理に会わせてくれ」

「議長会館にいらっしゃいます。ご案内いたします」

旅の荷物を彼らに渡すと、私たちは議長会館なる場所へと向かった。

州議長会館は王国の造りと違う石造りの堅牢な建物だ。

執務室に案内されると、机に座っていた男性が立ち上がった。

髭《ひげ》を整えた顎《あご》周りはがっしりと太く、長い髪をほつれげ一つなく後ろに纏めた姿は威厳に満ちている。アッシュと同系統の長衣を纏った体も分厚く、鍛えている人特有の貫禄に満ち溢れていた。

「前州議長子息、無事のご帰還、クレスタ州を代表してお祝い申し上げます」

「ご無沙汰《ぶさた》しておりました、州議長代理」

二人は軽く挨拶の抱擁を交わす。部屋には私たち以外誰もいなかった。

方や年長の州議長代理。方や一介《いっかい》の青年。そんな二人が互いに敬語を使いあう関係性に、私はすぐに複雑な二人の事情を実感した。確かにこの関係ならばアッシュがヴィルカスに残りにくいのもわかる。

「俺の叔父で州議長代理を務める、トーヴァ・ユーリフェリス・クレスタ。そして彼女が、キサラ・アーネストだ」

本名で紹介され、緊張感が走る。私は片膝を折り、令嬢としての深い辞儀をした。

「お初にお目にかかります。……キサラ・アーネストです」

「トーヴァ・ユーリフェリス・クレスタだ。ヴィルカスにようこそ、公爵令嬢」

私は間髪《かんはつ》入れず、真っ先に伝えなければならないことを口にした。

「私の父、そして我が王国により、集落に多大なる被害を生じさせたこと、娘として深くお詫び申し上げます」

深く頭を下げた謝罪に、彼は静かに顔を上げるように告げた。

「我が同胞の国外脱出、子息の潜伏に尽力してくれたと聞いている。キサラ・アーネストとは信じがたいほどに。何か企《たくら》みあってのことかと思ったが、子息はまず会ってほしいと私に言ってな」

鋭い眼差しが、私を穿《うが》つ。

アッシュが私をかばうように立ち、それに答えた。

「お伝えしていた通りです。彼女はアーネスト公爵家で日常的に酷《ひど》い虐待を受け、いわれのない罪を擦《なす》り付けられていた『悪女』でした。事実彼女は我々に命を賭《と》して協力してくれた。危険を負ってまで復讐に協力し、同胞を守った彼女に誤解があるままにはできませんでした」

州議長代理の視線が、アッシュから私へと再び向けられる。

「アーネスト公爵令嬢、あなたの言葉で聞きたい。なぜあなたは我が同胞に手を貸した？」

深呼吸をして背筋を伸ばし、私は袖をめくる。今も深く残っている傷跡を晒《さら》しながら答えた。

「彼のご説明の通り、ヴィルカスの皆様に協力したのは、虐待死から私を救っていただいたからです。また父の行動に対する御国への贖罪《しょくざい》でもあります」

「寝首を掻くつもりではなかったのか？」

州議長代理はいきなり切り込んできた。

「虐待を受けていたとはいえ実の父だ。子息があなたを助けたとはいえ、我々は所詮《しょせん》『獣の民』。血の繋がりを超えて同情するとは、どうにも思えんがね」

あえて王国民の使う侮蔑《ぶべつ》の言葉を用いて、私の真意を推しはかろうとする州議長代理。

アッシュは口を開きかけたが、私はすぐに目配せする。

私一人で対応しなければ、ここは意味がない。

「子息への感謝だけで、王国を裏切ったのか？」

私は首を横に振る。

「私は王国で『悪女』の烙印《らくいん》を押され、虐待されても顧みられず黙殺され続けてきた存在です。私を助けてくださった子息様への感謝はもちろん、私と同じように祖国にいわれのない理不尽な侵略を受けているヴィルカス連邦の状況に黙っていられないと思い行動しました。父ではなく、母の故郷イヴォーリテの女神に誓って、私に裏はありません」

州議長代理は薄い色の瞳でじっと私を見つめている。

しばらくの沈黙ののち、州議長代理は付け足した。

「イヴォーリテも先の侵攻では王国軍の強引な土地収用と物資徴発にあったと聞いている。……いずれ国交が回復すれば、彼らとも関係を回復させていきたいものだ」

「信じていただけますか？」

「だがあなたはまだ王国で潔白を証明していない。御国では革命裁判で政治犯を断罪している真《ま》っ只中《ただなか》と聞くが、まずは法廷で証明してからでは？」

「それは……」

沈黙が場を支配する。

現在国内で自ら貴族だと名乗り出ることは私刑《リンチ》を望むことと同義。とても名乗り出て潔白を証明できない。だがそれをそのまま口にしても言い訳になってしまう。

黙り込んだ私の代わりに、アッシュが一歩前に出た。

「その件で提案があります、州議長代理。数ヶ月、彼女をヴィルカスに匿《かくま》うことを望みます」

「……一時的な訪問しか許可していないはずだが？」

「ええ。直接彼女を連れてきた上で、直談判するつもりでしたので」

しれっとした態度でアッシュが続ける。

「裁判以前の問題として彼女は王国で身柄を暴徒に狙われている身です。裁判ともなれば彼女は判決を待たずして殺される可能性が高い。まず今は彼女をヴィルカスで保護し、彼女が信頼に足る人物かどうか、州議長代理に直接ご判断いただきたい」

「本気か？」

「本気です。彼女の潔白が王国で証明されれば、ヴィルカスにとって重要な人物になることはもちろん、万が一悪人だとしてもヴィルカスにいる限り、彼女の処遇はあなたの自由にできます」

彼は黙っている。アッシュは微笑んだ。

「実際に彼女がどんな人物なのか、数ヶ月の間にご判断いただくのは賢明だと思います。彼女なら私が国を出るときに、有用な相棒《パートナー》として働いてくれます」

「相棒《パートナー》……？」

二人の視線が私に向けられる。私は頷《うなず》いた。

「彼がこれから国外で生きていくなら、私は役に立ちます。どんな立場でも構いません。これからも彼の力になりたいです。信じていただくためならなんでもします」

州議長代理はおかしいものを見る眼差しで、顎を撫でて唇の端を吊り上げた。

「茶を用意させよう。そこまで言うのなら、私も君に提案がある」

彼は立ち上がり、私たちを応接用のティールームへ案内した。

壁一面の大きなガラス窓から見える山々と薬草の庭園が美しく、私はその透明度に驚いた。これだけの大きなガラスは、王宮でも見たことはない。

州議長代理が言った。

「ヴィルカスは物作りが得意でね。これくらいのガラスなら二十年前には製法を確立している」

私が見惚《みと》れている間に、紅茶のセットが白いテーブルクロスの上に準備される。

美しい柄の描かれた瀟洒《しょうしゃ》なもので、とても綺麗だった。紅茶の香りに、舶来品であると気づく。

純粋にとても良い香りだった。

州議長代理は私の隣のアッシュに目を向け、足を組み直す。

彼の纏う雰囲気が、少し変わった気がする。

「豊穣祭典まで君の滞在を許可しよう。キサラ・アーネストではなくあくまでキサラとして」

ただし、と付け加えられる。

「子息の相棒《パートナー》として継続して行動を共にする許可はその後だ。私はまだ君を信用していない。豊穣祭典までの数ヶ月間、君には保養地ジラガーツに住んでもらう」

聞いていなかった、とばかりにアッシュが動揺を見せる。

「彼女は首都に住まわせる予定では」

「彼女を匿うだけでなく、末永く相棒《パートナー》でありたいと願うなら話は別だ。子息との関係を望むなら、私だけではなく皆に広く認められる必要がある。ジラガーツには最も厳しい身内が暮らしている」

州議長代理は私に挑戦的に言った。

「私はいつでも君を王国へ送り返す。たとえ貴族狩りが横行している国だとしても。君もいつでも去ってくれて構わない」

「承知いたしました。何卒《なにとぞ》よろしくお願いいたします」

「決まりだな。ではキサラ嬢。君の服装はここでは目立ちすぎる。少なくとも、この国の風習に合わせた服装に着替えなさい。それが最低限の礼儀だ」

私は女性の使用人たちに導かれ、部屋を退出した。

「子息とはしばらく話がある。先に君はジラガーツに送らせる」

アッシュが案じるように私を見る。私は大丈夫と示すように、彼に向かって強く頷いた。

キサラが行ったのち、俺の前で叔父が深く椅子に沈んだ。

「本当にキサラ・アーネストを連れてくるなんてな。しかも匿うなど」

「普通の女の子で驚いただろう？」

俺がしれっと返すと、州議長代理――叔父は目を眇《すが》める。

「こっちが驚いたのはお前の考えだ、アッシュ。ずっと彼女を側に置いておくつもりだったとは。お前の判断を疑う訳ではないが、彼女に関しては信用に足らん」

「わかってるって。手紙のやりとりだけで信用して貰えるとは俺も思ってないさ」

俺は肩をすくめてみせる。

「だが彼女は王国の私刑で殺させるには惜しい。叔父さんも有利な重要人物は確保して、州議長としての足場は固めたいだろ？　俺だって自分の都合だけで連れてきた訳じゃない」

「足場……か」

お互いの間の空気が重くなる。俺は尋ねた。

「敵対勢力の調子はどんな感じなんだ？」

「お前が引いてくれたおかげで、十月の選挙で正式に州議長に認められそうだ。だが……」

「デリア家か」

「あのデリアを刺激しそうな王国娘を、よくつれてきたものだよお前は。この時期に」

「まあまあ。今連れてきたことに意味はあるって。まずはキサラを見極めて欲しい」

「考えはまだ、私に話せないということだな？」

「キサラを信頼してくれたら話すよ、叔父さん」

「お前の懇意だとしても、利用できないと判断すれば返すぞ？」

「あなたは必ずキサラを認める。俺は信じてるよ」

俺の言葉に、叔父はくく、と笑う。

「よほど彼女を気に入っているようだが、私が認める前に、妹に叩き出されるかもしれないぞ？」

「それは……叩き出されないと信じてるさ」

ユーリフェリス家の長女である妹。叔父がキサラの滞在先にユーリフェリス家を選んだのは、キサラが彼女に認められないようなら、話にならないということだ。

あの妹が、おとなしくキサラを受け入れる訳がない。確実にひと悶着は起きる。

「あの可愛らしいお嬢さんだ、すぐに色恋の関係だとばれるだろうな？」

目を眇めて揶揄《やゆ》してくる叔父に、俺は深い溜息を吐《つ》いた。

「色恋じゃねえよ、少なくともあっちにとって、俺は信頼できる相棒《パートナー》だ」

「ならばお前も早く見合いをしろ。来週からは他州の令嬢と会ってもらうからな」

「俺と見合いなんて、相手も迷惑だろ」

「迷惑だろうが社交だ。諦めろ」

甥《俺》の反応を面白がったのち。

叔父は州議長代理としての顔に戻り、遠い目をして静かにつぶやいた。

「まあ、悪女のお手並み拝見といこうか。キサラ・アーネスト」


服は集落で余っているものとイヴォーリテで使っていた道具を交換で譲ってもらった。

生成《きな》りに刺繍《ししゅう》が施されたブラウスとワンピースに、上から青い長衣を重ねた、上品な装束だ。魔石を用いた機織《はたお》り機で織った特別の布なので、水も弾くし汚れないのだと、使用人の女性が私に着方を教えてくれた。

着替え終わってロビーに向かうと、簡易な応接用ソファに座ったアッシュがいた。

アッシュはこちらを見て立ち上がり、しげしげと私を上から下まで眺めた。

「……どうかしら、黒髪だからちょっと色が重たいわよね」

「いや……似合うと思うよ。ただ」

「ただ？」

頬のあたりを赤くして、アッシュがぎこちなく目を逸《そ》らす。

「見慣れなくて驚いたのと……その。あんたをここに連れて来ちまった実感が湧いたというか」

「来ちまったって。来なければならなかったのだから、気にしないで」

外に馬を用意してもらっているらしいので、私たちは州議長会館を出る。

石畳を歩きながら、私は気合いを入れた。

「さあ、これからアッシュのご家族に挨拶ね」

「……そうだな」

アッシュの顔が急に暗くなる。

「……覚悟しろよ……妹は……性格が……キツい」

「そ、そうなの」

「口喧嘩で勝てる気がしない。それに手も出る」

「……」

私たちに用意されたのは馬車ではなくもふもふの毛並みの白馬だ。

アッシュの愛馬らしく、久しぶりの主人を覚えていたのか、主人を見つけるなり嬉しそうに駆け寄って、鼻先を擦り付けていた。

「お前も元気だったな。離れていてすまない。妹を守ってくれていたか？」

馬と話しているアッシュの顔は優しくて、なんだかその横顔に見惚れてしまう。

それから手際よく荷物を載せ、アッシュは最後に私を一緒に乗せた。

「一緒に乗るのは初めてだな」

「ええ。馬車ばっかりだったし、イヴォーリテはあまり馬はいなかったものね」

「犬ぞりの世界だったしな」

私たちはそこから馬に乗って目的地へ向かう。

道のりは牧草地帯の間を縫うので、あちこちでリンリンとベルを鳴らし、牛やら山羊やらがのんびりと草を食《は》んでいる姿を見かけた。生まれたての子犬もはしゃいでる。のどかだった。

時折遠慮のない警戒の目が、私へと刺さってくる。

王国はなんだかんだ私の母国だった。ここは外国なのだ。王国人の私にとって不利な条件の場所に来たのだと、改めて実感した。そして王国で奮闘していたアッシュの努力も。

保養地ジラガーツにたどり着くと、アッシュは馬を降りた。

「認められるように俺も力になるよ」

私に手を貸しながら、アッシュは言った。

「俺もあんたと一緒にいたい。……あんたと一緒にいると楽しいから」

アッシュのその言葉に、私は嬉しくなる。

「ありがとう。大好きよ、アッシュ」

こうして一緒にいるだけで、どんな困難だって乗り越えられるような気がしてくるのだ。

アッシュの相棒《パートナー》として支えていくためにも、頑張らなくては。

到着した集落は、木造建築の可愛らしい三角屋根の家々が続く、牧歌的な優しげな集落だった。清潔でどの家も花が飾られていて、遠目にもとても可愛らしい。

アッシュの帰還を聞きつけていたのだろう、早速広場には人々が集まっていた。

迎えの人々は皆、アッシュの服装に似た衣を纏っている。元々軽装だったアッシュに対して、みんなもう少し着込んではいるけれど。空色に染めた生地が、銀髪と白い肌によく似合っている。

アッシュを見て、迎えの人々が歓声を上げた。

「子息、よくご無事で！」

「お帰りなさいアッシュ、無事でよかったわ」

口々に再会を喜んだところで、彼らの目は私に集中する。アッシュが私を皆に紹介した。

「彼女はキサラ。潜伏先で世話になった人だ――」

大歓迎のアッシュに対して、露骨な警戒の眼差しを浴びながら、私は背筋を伸ばした。

「お初にお目にかかります。私は」

その時。私の挨拶は中断させられる。

向こうのほうから勢いよく人が駆け込んできたのだ。

人混みがさっと左右に分かれる。

こちらにまっすぐ走ってきたのは、銀髪を二つに結った小柄な女の子だ。

小柄な体は着膨れしていて、ツインテールの根元にぐるぐるに巻きつけたシニヨンがまるで羊のツノのようだ。

彼女は、思いっきり私に突撃してきた。

「兄様に近づかないで！　この王国女ッッ‼」

振りかざす小さな手。周りの静止も追いつかず。

私は思いっきり、彼女に拳《こぶし》で殴られた。

「ッ……！」

倒れ込んだ私に馬乗りになり、ぽかぽかと小さな拳が重たい打撃を振り下ろしてくる。

「なんで兄様と一緒に来るのよ！　何考えてるの⁉　兄様に近づかないでよ、最低！　最低！」

「フ、フレイヤ！　落ち着け！」

アッシュが彼女の手を押さえる。

「ふ……おにい……さまぁ……ッ……！」

途端《とたん》に彼女は青い瞳からぼろぼろと涙をこぼし、わんわんとアッシュに縋《すが》りついて号泣した。

「兄様、兄様あああッ……‼」

私は痛いと言うより呆然としていた。鼻の中と口の中が熱い。倒れたままの私が流石《さすが》に不憫《ふびん》に思えたのだろう、同情した女性が手を差し伸べてくれる。

「ありがとうございます」

手をとって立ち上がると血が溢《あふ》れた。

ハンカチで血を押さえていると、フレイヤと呼ばれた妹はアッシュに後ろから両手を取られて、ふうふうと涙を流すままに興奮の息を荒げていた。

「許さない、許さない。絶対に許さないから。私の家族をめちゃくちゃにしたことを……許さないから、この恥知らずの王国女！」

呆然とした私に、アッシュは彼女を取り押さえながら言う。

「ちょっとこいつを宥《なだ》めてくる。片付けが終わったら家で会おう。……誰か。ユーリフェリス家にキサラを案内してくれ」

「承知いたしました」

体の大きな男性が、むっつりとして私を見た。

自己紹介が途切れた気まずい空気の中、私は改めて頭を下げた。

「あの……はじめまして。私はキサラと申します。……その、色々とごめんなさい……」

誰もが返事を返さない。アッシュの言葉に応じた彼だけが、黙って私に背を向けた。ついてこいという意味だろう。

「これからお世話になります。何卒よろしくお願いします」

返事はない。

アッシュはまだ泣き喚《わめ》く妹を宥めながら、二人でどこかへ向かって行くようだった。


保養地ジラガーツにはアッシュの妹が一人で暮らしていた。

幼い双子の弟妹《きょうだい》は州議長代理──彼らの叔父の養子になったので、嫡子《ちゃくし》教育も兼ねて州議長代理のもとで暮らしているのだという。

彼女の家には他に、通いで親戚の女性二名と、薬師《くすし》の男性（先ほどの強面《こわもて》の男性だ）が一名いつも来るそうだった。

集落の中ほどに位置するユーリフェリス家のお宅に向かうと、私は渋々といった様子のお手伝いの女性に出迎えられ、客用の部屋をあてがわれた。

日が暮れても、アッシュは帰ってこない。部屋に様子を見に来た女性に「今夜は歓迎会だよ」とだけ、迷惑そうに伝えられた。

「なるほど、歓迎会……」

それからしばらくして、私はあてがわれた二階の部屋から、広場で行われている歓迎会の様子を眺めた。

こちらにまで強い食べ物の香ばしい匂いが香ってきた。

広場にはテーブルと長椅子が並べられ、その一帯はあたたかな白い光で照らされている。まるでそこだけ昼間のような明るさだ。

眺めていると、扉がノックされる。先ほどの女性が、私に食事を渡してくれた。

「ありがとうございます」

女性は黙って去っていく。

皿は綺麗で温かく、載せられたパンも溶かされたチーズも、添えられた揚げじゃがも美味《おい》しそうだ。

「優しいわね。食事をいただけるなんて」

見ていると空腹を思い出し、私はありがたくいただく。

食べながら、私は人混みに目を凝らす。明るく照らしてあるので、慣れるとすぐにアッシュを見つけることができた。

背丈こそ負けてはいないものの、周りの男性陣はいかにも分厚い男らしい体格の人ばかりで、線の細いアッシュのような人がいたかと思えば、それは男装の女性だったり子どもだったりした。

アッシュと一緒に寝起きしていても、髭すら見た覚えもない。

中性的な美貌を妙に気にしていたのを思い出す。やはり、ごつごつとした男性たちの中では居心地が悪いものなのだろうか。綺麗だけど。綺麗な人というのも、悩みや苦労があるのねと実感した次第だ。

「……アッシュが気になるの？」

突然、変なところから声が聞こえてきた。

私は思わずキョロキョロとする。

「こちらよ、こちら」

その時、ひらひらと紫に輝く蝶が私の脇を飛び、窓を飛び出して下へと降りていく。

家の下に女性が立っていた。

短い前髪を円形に切りそろえた、お嬢様らしい女性だ。

年齢は私と同じくらいだろうか。垂れ目で唇が厚くて、どこかおっとりとした風貌の美人だ。もちろん銀髪だが、瞳の色は暗くてよく見えない。

「私の名前はビナリッダ。……少し降りてこない？　あなたとお話ししたいの」

「私と？」

アッシュの知り合いだろうか。少なくとも余所者《よそもの》の私が無視するのは得策ではないだろう。

「ええ、待っていて」

深く考えてもしかたない。玄関での話くらいならすぐに済むはずだ。私は階下に降りた。

会う前に誰かに一言言いたいと思ったのだけれど、家の中を見ても誰もいなかった。帰ってしまったか、宴《うたげ》に顔を出しているのだろう。

私が扉を開いて出ていくと、ビナリッダと名乗った彼女は満足げにニィと笑った。

なんだか不思議な雰囲気の女性だ。

「あなた、キサラというのね？」

「ええ」

「キサラ・アーネスト」

瞬間的に心臓が縮こまりそうになった。次の瞬間、彼女は能面の笑顔のまま続ける。

「……って、いるわよねえ？　王国の悪女が。ふふ、キサラなんて名前、結構うちの国ではいるのよ。面白いわよね？」

くすくすと、彼女は笑う。真意が見えない。

「私がここにいるのが不思議なのでしょう？　大丈夫よ、怪しいものではないわ。これを見て」

彼女は手に持った、杖を示した。

今まで気づかなかった——何か、術がかけてあるのかと思うくらい、唐突に出てきたように思う。

「この杖は魔術師の証《あかし》。私、女魔術師なの。今はみんなが宴に興じているから、こうして一人闇に紛れてあちこちの魔石が変なことになっていないかチェックしているの」

彼女が杖を振ると、家の屋根の太陽のような意匠がふわりと輝く。

あそこに魔石があるらしい。

上を眺めていた私に、さらに唐突に彼女は話しかけた。

「あなたはアッシュの新しい恋人なの？」

「え」

「みんな噂《うわさ》をしているわ。アッシュが恋人を連れて帰ってきたってね。王国人の」

おっとりしながらもはっきりとした口ぶりだった。私はアッシュが呟いていた言葉を思い出す
——ヴィルカスの女性は気が強い、と。

嘘をつくことでもないので、私は素直に首を横に振った。

「私たちは協力して過ごしていたけれど、恋人ではないわ」

「そう」

彼女は目を細めて頷いた。

「アッシュは話していたかしら？　王国にクレスタ州の故郷を焼かれる前、婚約者がいたことを」

「……ええ。婚約破棄された、と言われていたけれど」

「ああ、彼はそうあなたに言ったのね」

言葉に含みを持たせて、ビナリッダは笑う。

「今日はあなたの顔を見てみたかっただけよ。またお話ししましょう。アッシュのこと、なんでも教えてあげる」

私は反応に困った。彼女がアッシュとどんな関係なのか。彼女が何を言いたいのかわからない。

ビナリッダは私が困っている顔を楽しんでいる様子だった。

私は少し考えて、ハッとあることに気づく。

「もしかして、あなた、アッシュの元婚約者の方？」

なるほど！　と思って尋ねると、彼女は渋面になった。

「…………あなたって面《つら》の皮が厚いのね」

「え……えっ？」

「ふーん。まあ、王国女なのにヴィルカスに来るくらい大胆だから、ちっとも意外じゃないけど」

彼女の顔に凄《すご》みが増す。

「よく意味を考えなさい。アッシュに迷惑をかけないように一人でね。なぜアッシュが婚約を破棄される側になってしまったのか。……あなたが、どんなふうに彼の人生を踏み躙《にじ》ったのかを」

表情も声音も、とても柔らかかった。けれど突き刺すように、彼女は私に告げた。

「では、良い夜を。キサラ」

「おやすみなさい。……暗いので、お気をつけて」

私の言葉に彼女は一瞬鼻白《はなじら》んだ顔をしたが、すぐに優雅な会釈を残して去っていく。

長いローブをゆらゆらと揺らしながら、彼女は闇に溶けるように去っていった。

呆然とその背中を見つめながら、私は不思議な心地だった。

まさか妹さんよりも早く、元婚約者の方とこんなに多くの言葉を交わすなんて。

夜風が急に寒く感じた。宴が、もうすぐ終わりそうな気配がする。

私は肩をさすって家の中へと引き返した。

「部屋に戻りましょう。余計なことをして迷惑をかけるわけにはいかないわ」

階段を上って部屋に戻りながら、思う。

私はずっと虐待され続けていて、孤独だった。

令嬢同士の社交界に出たことはほとんどない。以前クラーラと話したのが唯一の交流とも言えた。

孤独ではなくなれば、それはそれで乗り越えなければならないことが起きる。

私は妙に興奮したような、ザワザワとした心地で寝支度を整え、アッシュの帰宅を待った。


アッシュは夜遅くに帰宅した。

宴と旅の疲れがあったのだろう、彼はすぐに熟睡して、次に話せたのは翌朝だった。

翌日の朝、フレイヤの姿はなかった。

アッシュと二人きりの朝食の場で、私は申し訳なさを口にする。

「私と顔を合わせたくないから、出て行ってしまったのよね」

「違う。あいつは時々ジラガーツの湯治《とうじ》旅館で薬師としても働いている。仕事の日は夜明け前から家を出るんだ……って、聞いていなかったのか」

私は頷く。アッシュが眉間《みけん》に皺《しわ》を寄せる。

「あいつめ……」

「ま、まあまあ」

そういえば。私はあたたかな牛乳を口にして、アッシュに尋ねる。

「昨日あなたの元婚約者に会ったわ」

伝えた瞬間アッシュがむせる。

「い、いつの間に⁉」

「あなたが宴でもてなされていた間に」

「……そ、そうか……何を話した？」

「恋人なのかどうか聞かれたわ」

アッシュが息を呑んだ。

「……で、なんて答えたんだ」

「大丈夫よ。恋人ではないと答えたわ。それよりも……キサラ・アーネストかどうか、確認された気がするの」

さっと、アッシュの眼差しが変わる。

身を乗り出して声を潜めて私に尋ねた。

「それで、気づかれたか？」

「わからない。ただ、こちらではよくある名前よね、と言われて終わったけれど……素直に打ち明けたら、やはりよくないわよね」

アッシュは神妙な顔で頷く。

「今正体を明かして人を刺激しても、何のメリットもない。黙っているほうがいいだろう」

「……わかったわ」

私は頷いた。気づかれないように注意しないと。

「あのさ」

「何？」

「あいつとは、本当に何もないからな」

「元婚約者だったのでしょう？」

「だからそれ以上じゃないって意味だよ」

アッシュはどこかムキになっているようだった。何を気にしているのだろうと、私は首を傾げる。

「でも、彼女はなんだかアッシュを気にしているみたいだったわ。もしかして彼女、今も本当はアッシュのことが好きなんじゃない？」

「ありえねえ」

「即答ね？」

「ありえねえもんはありえねえんだよ」

「でも彼女、『子息』じゃなくてアッシュと呼んでいたわ。きっと家の都合で婚約破棄になっただけで、本当は」

「キサラ。本当に……違うんだ」

私の言葉を、アッシュは遮《さえぎ》った。

「あいつが『子息』と俺を呼ばないのは、俺の一族《ユーリフェリス家》を州議長の宗家として相応《ふさわ》しくないと思っているからだ。ビナリッダには気をつけろ。ビナリッダは元婚約者というだけじゃない。古来の信仰を重視する保守派、神官の一族の跡取りだ」

「保守派……」

「だから俺は婚約者として選ばれて、そして婚約破棄された。……教義として、俺はやってはいけないことをした」

アッシュは自嘲するように目元を歪《ゆが》ませた。

「……俺は穢《けが》れている」

私は胸を突かれるような思いがした。

「俺たちの信仰する女神は復讐を穢れとする。国を出る時に婚約破棄をされたと言っただろ？……彼女も彼女の親族も、俺を許していない。俺だけじゃなくクレスタ州議長の家柄として、俺たちが存続していること自体に」

そこまで言うと、アッシュは皿を空にして立ち上がった。

「俺は首都に行く。あんたは家にいろ」

「私にできることはないかしら？　家事でも、お仕事でも」

その時。

ドアがバンと開く。

「家事？　仕事？　当然よ。ただ飯食うつもりだったのかしら、このずうずうしい王国女は」

鋭い声に振り返ると、そこには小さな体で仁王《におう》立ちをしたフレイヤがいた。

「ちんたら朝食食べて、兄様の仕事の邪魔してんじゃないわよ。さっさと皿洗いして、小屋の掃除しなさいよ」

「フレイヤ、」

アッシュが何かを言おうとする前に、ギロリとフレイヤがそちらを見る。

「兄様は口を出さないで。叔父様はこの女をあたしに見定めさせたいのでしょう？　だったら私の領分よ。王国女にデレデレしちゃう兄様なんて、早く行っちゃって」

「……」

アッシュは今まで見たことのない、たじたじした顔をしていた。

完全に妹に気《け》おされている。

私は慌ててアッシュに微笑みかけた。

「私は大丈夫。フレイヤさんに、いろいろ教えていただくわ。気をつけてね」

しかし、良かれと思って発した言葉がフレイヤの怒りに火をつけた。

「はあ⁉　兄様にそんな口の聞き方して、何考えてるの⁉　信じらんない！　さっさと皿洗いなさいよ、外の流し場でね！　ほら、早く！」

「おい、あまりキサラにそんな」

「兄様は口を出さないで」

「……わかった……」

アッシュは私を気にしつつ、部屋を去っていった。

私は急いで皿を重ね、鍋《なべ》をまとめ、外の流し場へと向かった。

――これから、すごい日々が始まりそうだ。

第二章　アッシュの家族たち

フレイヤの言葉通り、当日から私は早速労働力として駆り出された。

とはいえヴィルカスの生活に慣れていない私ができることは雑用しかない。早朝から家々の裏手に設《しつら》えられた湧水《わきみず》を汲みにいき、家中で用いる水瓶を満たす。

台所は家族の聖域で不可侵だ。

私は薪《まき》を運んだり藁《わら》を運んだり、干し草を運んだり、掃除をしたり、お使いに行ったり、とにかくフレイヤに命じられるままに働いた。

イヴォーリテでの暮らしがあって良かったと思う。

元の公爵家の娘のままでは、右のものを左に動かすことすら難しかった。


——今朝も朝早く起きてもたつきながら服を着替えた。

背中のリボンをようやく、綺麗に自分で結べるようになったのが嬉しい。

髪を整え部屋を出て、湧水を柄杓で掬《すく》って顔を洗っていると、後ろからフレイヤが早速怒りの声を飛ばしてきた。

「あんた、朝の支度が遅いのよ。さっさとしないと兄様に迷惑がかかるわ」

「ごめんなさい、明日はもう少し早く起きるわ」

「早く起きてるのは知ってるわよ、着るのが遅いの。ったく……」

フレイヤは腰に手を当て、私を見上げてふんと鼻を鳴らす。

どの時間に会ってもフレイヤは元気で逞《たくま》しくて、アッシュが故郷を任せて旅立ったのも頷ける。

フレイヤはじっと私を見た。

「そもそもあなた、どうして髪が短いの？　余計に整えるの大変そうよ。趣味？」

「ああ、これは……」

「売ってくれたんだよ、逃亡資金のために」

アッシュが後ろから話しかけてきた。

「おはようアッシュ」

外から戻った彼は腕まくりしていた袖を戻しながら入ってくる。

「おはよう……ほら、リヤとシルネも挨拶できるか？」

アッシュが後ろへと目を向ける。

すると、見慣れない小さな双子の弟妹が顔を出した。

服が男女で違っているから見分けがつくものの、顔立ちも瓜二つだ。

「もしかして、お二人が……」

「ああ。昨晩から帰ってきていた、末の双子のリヤマルスとシルネレーム——リヤとシルネだ」

以前から少し話に聞いていた。今年五歳になる、州議長代理の養子となった二人だ。

「いつもは首都の州議長代理の家で暮らしているけれど、数日に一度は帰ってくるんだ」

「気づかなかったわ。挨拶が遅れてごめんなさい」

「会わせなかったもの、当然よ」

フレイヤが言うと、アッシュが「こら」と言いたげな顔をしたが、言葉にはしなかった。

私は膝をついて目の高さを合わせ、じっと見つめてくる二人に挨拶する。

「初めまして。私はキサラ。王国から来たの。しばらくユーリフェリス家にお世話になるわ」

「「……」」

二人は黙ってアッシュの後ろに隠れる。まるで野生の野ウサギの警戒心だ。

アッシュは困った風に頭をかく。

「悪いな。人見知りしてるみたいだ。普段はもう少し積極的なんだけど……」

黙っていたフレイヤが、ふんと鼻を鳴らす。

「兄様、二人に無理強《じ》いさせてはいけないわ」

「でも、挨拶くらいは」

「怖がってるんだから、早く首都に戻らせてあげて」

そういうと、フレイヤはさっさと二人と手を繋いで家から出て行く。

ばたん。扉が閉ざされたところで、私とアッシュは顔を見合わせた。

「……悪いなキサラ」

「ううん。二人に会えて嬉しかったわ。ところで二人はこれから何をするの？」

「家庭教師と一緒に勉強したり、あとは社交だな」

「叩き込まれるものは、王国の貴族と同じなのね」

「ああ。だから息抜きにこっちに来ている時は、フレイヤはなるべく子どもらしく過ごさせてやってるらしい。……昨日は、キサラに絶対会わせないようにしてたみたいだけどな」

アッシュが肩をすくめる。私は頭を振った。

「仕方ないわ。突然王国人の私を見ても怖いでしょう」

そのとき。フレイヤが扉から顔を出した。

「兄様。私は首都まで一緒に行ってそのまま市場に行くけど、兄様は一緒に行かないの？」

「今日は俺はこっちにいるよ。いろいろ家の修繕、足りないところあるみたいだから」

「助かるわ」

フレイヤははにかむように微笑むとキサラを見る。

「二人っきりになったからって、兄様に変なことしたら許さないから！」

「へ、変なこと……」

フレイヤは嵐のように去っていった。変なこととはどんなことだろうと私が思いを巡らせていると、アッシュが話しかけてきた。

「手伝うよ。家のことでわからないこともあるだろ」

「ありがとう、教えてくれると嬉しいわ」

私はアッシュと一緒にそれぞれ家事を済ませた。

そこで初めて、私は家具についている魔石の使い方を知った。

私の様子を見て、アッシュは呆《あき》れた顔をした。

「……俺たちにとっては当たり前だから忘れてた。そうだよな。キサラは魔石付きの魔道具の使い方、知らねえよな」

「ええ」

アッシュは箒《ほうき》を手に持ち、柄《え》の部分に嵌《は》め込まれた魔石を指す。

「ここ、指で押さえながら掃いてみな」

「ええ。……えっ、えっ⁉」

指に何かしっとりとした、宝石とは違う感触を覚えた次の瞬間。箒の先の部分に、床の埃《ほこり》が吸い寄せられていく。

「『女神の右目』を扱えるキサラだから、やっぱり使えたか」

「う、うそ……」

一体どうなっているのか。掃くだけで穂先一本一本が吸い込むように、床の溝や隅までゴミを吸着していく。アッシュに教えられるままに掃き出し口で指を離すと、ゴミはくるくるとまるまって、掃き出し口から外へ転がり出て行った。

「……こんなに簡単なのね……」

穂先をしげしげと見る。手で触れても普通の穂先だ。

「……びっくりしたわ」

「フレイヤが見ていないところでは、こうやって掃除しな」

「ありがとう……」

「てか、今までは魔石に頼らずにやってたんだよな。……よくやるよ」

「与えられた課題からは逃げたくないもの。フレイヤに認めてもらいたいしね」

「……そっか」

「じゃあいつもの家事をやるわ！　何か気になることがあったら、なんでも教えてね、アッシュ」

アッシュはそれから、あちこち修繕をしたり、自分がいない間に傷んだ道具の手入れをしたりしているようだった。アッシュは合間に私に色々と教えてくれたけれど、もしかしてフレイヤは、家の説明をアッシュにさせるために時間を作ったのでは、と少し思った。

体を動かして働いていると、あっという間に昼になる。

私は二階の窓を開き、屋根に登っていたアッシュを見上げて声を張り上げる。

「アッシュ、私フレイヤにお使いを頼まれていたの」

「お使い？」

「リヤとシルネが持ち帰ってきたいちごを、ご近所さんへ分けておいてって。あとは回覧板と……」

「まて。あんたが行くのか？」

アッシュが屋根から降り、窓から軽やかに部屋に入ってきた。くるっとロープのように、長いおさげが揺れた。

「相変わらず身軽ね、あなた」

「感心してる場合じゃねえだろ。俺が行く。あんた一人で他の住民に話せるか」

「ううん、私が頼まれたから私が行く」

「でも」

言い返そうとするアッシュを、私は片手で制する。

「ご挨拶は大事よ。せっかくの機会をいただいたんですもの、私が行くわ。その代わりアッシュにはお願いしたいことがあるの」

「なんだよ」

「……一人だとやっぱり緊張しちゃうし、こちらのマナーもよく知らないから。その……一緒に来て、少し離れたところで見てて」

アッシュは呆れた風に肩をすくめる。

「なら一緒に行ったほうがいいんじゃねえのか」

「違うの！　見守ってくれてるだけでも心強いの。あとは自分で頑張るから」

「……わかったよ」

アッシュは髪をかきあげ、はあ、とため息をつく。

「なんつーか、フレイヤも頑固だけどキサラも強情だよな……」

「何か言った？」

「いーや、何も」

アッシュは私の髪をくしゃっと撫でた。

「行くなら早く行こうぜ。面倒なことは早く済ませたほうがいい」

「ありがとう、心強いわ」

そうして、私は籠《かご》を両手で大事に持ち、家を出て坂道を下って目的の家を目指した。

「最初は三番地のシリーさんのお宅ね」

メモを見ている私の腕から、アッシュがひょいと籠を取り上げる。

「あっ」

「手ぶらで落ち着かないから持たせろ」

「落ち着かないなら……どうぞ」

「シリーさんはとにかく礼儀に厳しいから、挨拶と置き方は気をつけろ。あとは」

メモをのぞき込みながら、アッシュが言う。

「スレッドさんは一回で出ないだろうから、一回声をかけたあと最後にもう一回回ったほうがいい。ドアの隙間から見てると思う。メイベルさんはとにかくうるさいしキツい態度を取られるだろうけど、話に飽きるまで付き合ってやれば、何かくれる」

「……詳しいのね」

「地元のイヴォーリテ集落にいる時は、いろいろ付き合いは多かったからな」

まあがんばれ。そう最後に付け加えて、私の背中をぽん、と強めに叩くアッシュ。

私もむん、と気合いをいれて、最初のシリーさんの家に挑んだ。


——それからしばらくして。

私たちは帰路を歩いていた。たった少しだけのお使いだったのにぐったりしている。

「……おつかれさん、キサラ」

「ありがとう……アッシュのおかげできっと最短ルートで終わった気がするわ」

なかなか受け取って貰えなかったり、何度か行っても居留守を使われたり（明らかに中に人がいる物音を立てながらの居留守なので、嫌味のつもりなんだろうとアッシュに指摘された）、一時間近く小言を言われ続けたり、本当に大変だった。

「でも無事にお使いは済ませられたわ。ありがとう、アッシュ」

「あんたが頑張ったからだよ。偉いよ」

「ふふ、ほめられると嬉しいわ」

頭を撫でられ、私は素直に嬉しくなる。

アッシュは私を見て相好《そうごう》を崩したのち、遠くを見てぼやくように言った。

「しっかし……フレイヤのやつ、こんなことさせてほんと小姑《こじゅうと》だな」

「・・・・・・させてくれてるのよ。私が早く周りの人たちに馴染《なじ》めるように」

「いや～……これは嫌がらせだと……」

「そんなことないわ！」

私はすぐさま強く否定した。

「だって本来の嫌がらせって、もっと……絶食させたり、ゴミを食べさせたり、服を燃やしたり、暴力を振るったり、みんなで石投げたりすることでしょう？　衣食住をありがたくいただいて、安全を保証された環境で覚悟を測られるのは、優しさでしかないわ」

私が拳を握って訴えると、アッシュは一瞬酷く嫌なものを見るような顔をする。

「あんたの中の『嫌がらせ』のレベルが酷すぎるんだよ。普通の世間ではそんなことやらねえの」

「でも」

「まあ、いいや。あんたが気にしてないならそれが一番だ。あんま無理すんなよ」

「大丈夫。アッシュをもっと理解して、一緒にいるために必要なことだから」

「な、何？」

アッシュはクシャクシャと私の髪を乱す。

「いちいち言葉選びが気になるんだよ、あんたは」

そうこう話しているうちに、私たちはユーリフェリス家に到着した。


——その日の昼。

アッシュが外出している間に、フレイヤが帰ってきた。

少し表情が柔らかい気がする。良い取引ができたのかもしれない。私の顔を見た途端に、さっと眉間に皺が寄るけれど。

「お帰りなさい、フレイヤ」

「私が言いつけたこと、全部できてるんでしょうね？」

「はい、全部やったわ」

「……手抜きしてないでしょうね？」

フレイヤは家のあちこちを見分する。

「かまどの煤《すす》払いは終わってるわね、窓も磨いている……床も。布団は干しているし……」

一人でぶつぶつと呟きながら、家畜小屋のほうへと向かう。

そして外の流し場で野菜の皮剥きや下処理が終わっているのをチェック。

洗濯物の干し方に、乾いたものの畳み方。

頂き物が包まれていた布の洗濯と板に貼り付けての乾燥、干し草小屋の換気、お皿洗いに、汚れた水の処理。

「…………まあ、いいわ」

あちこち見回したフレイヤは、しかめ面でどっかりとダイニングの椅子に座る。

「これをどうぞ」

私はフレイヤの好きな温めたミルクを彼女の今日の気分であろうカップに入れて渡す。

「……減点。コースター選びのセンスが悪いわ」

「あ、ごめんなさい。こちら少しほつれてたから……」

私は彼女お気に入りのパッチワークのコースターを見せる。フレイヤは小さくため息をついた。

「さっさとしまいなさいよ」

「はい」

私はコースターをしまい、その流れで手のひらの半分ほどの焼き菓子を、小さなお皿に盛り付けて、フォークを添えて出した。

「あと、こちら十三番地のメイベルさんから、フレイヤに渡すようにって」

意外だったのだろう、フレイヤが目を丸くした。

「十三番地のメイベルさんが？　あなたに託《ことづ》けたの？」

「え、ええ。その時に聞いた通りにかまどで温めたのだけど……」

彼女は黙って食べた。そして無言で立ち上がり、台所に行く。

「あんた、こっちに来なさい」

「えっ」

台所は聖域だから中が見える場所にすら近づくなと言われていた。お皿は別の場所に置いてあったから取り出せたのだ。

ためらう私に、フレイヤは威嚇《いかく》する子犬のような顔をする。

「来なさいって言ってんだから来なさいよ。言っておくけれど、余計なところ触ったら殺すわよ」

「わかったわ」

台所に入る。北向きで暗い場所なのに、フレイヤが動くと自動的にふわふわと天井が光る。私がそれに見惚れていると、彼女が睨《にら》んだ。

「魔石の天井よ。魔石くらい知ってるでしょ、王国民は簒奪《さんだつ》するくせに」

「……ごめんなさい。王国ではこんな使われ方していなくて……知らなかったの。とても綺麗」

「こんな使い方をしてないって……あなた、家事道具にも」

ここでハッと、フレイヤは何かに気づいたようだ。

「もしかしてあなた、魔石を使わずに家事をしていたの？」

私は笑って誤魔化《ごまか》す。フレイヤはしばらく眉間に皺を寄せていたが、腕まくりして料理用のエプロンをつけ、台所のまな板を出す。

「手伝いなさい。粉を量ったり鍋を温めるくらいなら、あんたもできるでしょう？」

「ええ、間違っていたら教えてね、フレイヤ」

「うっさいわね。黙ってて」

フレイヤはそれ以降話さなかった。

料理をする小さな背中は頼もしくて、どこかアッシュに似ていて。ああ、二人とも似てるんだなと実感した。

それからしばらくしてアッシュが帰ってきて三人で昼食をとった。

ヴィルカスでは普段は夕食に火を使った料理を作らないらしく、昼食が一番豪勢だ。アッシュが帰国した夜の宴は、私の想像よりもずっと特別な宴だったのかもしれない。

フレイヤは無言で食事を平らげると、一人になりたいと言って家を出て行った。

私はさっき、やらかしてしまったのではないかと不安になる。

「……機嫌を悪くしてしまったかしら」

私がアッシュに尋ねると、アッシュは首を横に振る。

「機嫌が悪いと拳が飛ぶタイプだから、あれは……少し違うな」

「そう」

それから陽が橙《だいだい》色になり始めた夕方、フレイヤが唐突に帰ってきた。

「キサラ」

「は、はいッ!」

アッシュとまったり過ごしていた私は、思わず立ち上がる。

彼女は兄をチラリと見たのち、私に顎で外を示す。

「温泉に行くわよ、ついてきなさい」

ジラガーツはヴィルカスでは珍しく天然温泉が湧き出す土地だ。だから古来より五州の人々が平等に湯治ができるよう、ここに保養地が生まれた――という話は、先ほどチラリと聞いた話だ。

まさか私も入っていいと言われるとは思わなかった。

「いいの?」

私は目を瞬かせる。彼女はしかめ面になった。

「あんた、ちっとも温泉入りたいって言ってこないじゃない。何なの？　王国にはお風呂に入る文化はないの？　しかも魔石使えないなら、真水で体洗ってたの？」

「そうだけど……」

特に困ったことでもなかったので、私は首を傾げる。

「清潔な井戸水で体を拭かせてもらっていたし、それ以上はあまり考えていなかったわ」

本音だったのに、フレイヤは真っ赤になる。

アッシュが顔を背けている。肩が震えている気がした。笑っているらしい。

フレイヤは叫んだ。

「何よ嫌味なの⁉　私や兄様が温泉入ってるのみて、何も思わなかったの⁉　い、いえば連れてってあげてもよかったのに！」

「特に……」

「ったくもー！　あんたってほんとすっとぼけてるんだから！　来なさい！　連れて行ってあげるから、覚悟しなさい！」

覚悟。何の覚悟だろうか。

アッシュが完全に笑いを堪《こら》えすぎて、お腹が痛い人みたいになっている。フレイヤは捲《まく》し立てた。

「あんたどうせ湯の浸かり方なんて知らないでしょ。あんたを躾《しつ》けるのも私の役目。クレスタ州議長代理の客人として恥ずかしくない態度とってくれなきゃ、兄様が困るじゃない」

「あ、……でも王国人の私が入っていいの？」

「入浴くらいさせるわよ！　なんなの？　私たちが鬼とでも思ってんの？　ふざけないで、着替えを持ってきなさい。もたもたしてると置いていくわよ！」

「……ありがとう！」

私は素直にお礼を言った。

目元を拭《ぬぐ》うアッシュに見送られ、私は彼女についていく。

さっきまで明るかったのに、歩いているうちに少しずつ暗くなっていく気がする。

道は魔道具で照らされている。上下水道が通っているようだし、井戸水も綺麗。人々の服も清潔で、少なくとも私が見た中では貧富の差もない。人々は助け合っている。だからこそ身内の線引きが厳しいのだろう。

ヴィルカスは平地もないし、冬は寒いらしいし、大変だ。

それでも王国のどこよりすっきりと清潔な住み心地がするのは、魔石によって生活環境がかなり整えられているからなのだろう。

魔石は本来、こうして使うものなんだと見せつけられる思いだった。

今思うと、石炭の代わりに燃やすなんてゾッとする。王国の魔石の使い方に怒っていたヴィルカスの方々の気持ちがよくわかる。

温泉にたどり着き、フレイヤは脱衣所や脱ぎ方のマナーを説明すると、私に服を脱ぐように指示する。彼女も服を脱いで、ロップイヤーのウサギのように垂れた髪を上向きに結ぶ。私も急いで服を脱ごうとして――手が止まる。

そういえば。すっかり忘れていたけれど、私の体は。

「……」

脱ぐのをためらっていると、フレイヤが棘《とげ》のある声を投げた。

「何よ、見せられないものでもあるっていうの？」

「……少し、汚いからびっくりするかもしれないって」

「汚いって何よ。人に見せられないような罪人の焼印でもあるんじゃないでしょうね？」

「あ、違うの！　……そうよね、隠していたほうが失礼よね」

私はおとなしく服を脱いでたたむ。

饒舌《じょうぜつ》なフレイヤの声が途切れた。

振り返ると、フレイヤが真っ青な顔でこちらを見て固まっている。やっぱり引かれてしまった。

「びっくりしたでしょ？　ちょっと色々あって」

「色々、の量じゃないでしょう⁉　何よこの傷痕、少し見せてみなさい」

彼女は血相を変えて、私の肌を見る。恥ずかしいけれど、彼女の眼差しは真剣そのものだったので抵抗できない。

多種多様な傷跡を見て、彼女は信じられない、とばかりに首を横に振った。

「……誰にやられたの。こんな傷跡の残り方、まともな手当てもされなかったに決まっているわ」

「え、ええと……」

変に不幸自慢をするようであまり言いたくはなかったけれど。バレてしまっては隠せない。

「私、ずっと虐待されていたの。家族や婚約者に」

「虐待って、この傷が？」

「ええ。アッシュと出会った日も、私は虐待されて死にかけていたの。……それを助けてくれたのがアッシュ。だからあなたの兄様は、私の命の恩人……ううん、人生の恩人なのよ」

フレイヤは唖然《あぜん》とした様子で視線を彷徨《さまよ》わせた。

「と、とにかく入るわよ。傷に染みたりしないんでしょうね？」

「大丈夫よ。傷口は塞《ふさ》がっているから、お湯も汚さないわ」

「……そう」

それから彼女は、私に温泉の入り方を教えてくれた。身を清めたのちに、露天風呂に入る。寒い外気と湯の温かさの差が心地よくて、私は息をついた。満月が、綺麗に空に浮かんでいる。

ずっと沈黙していた彼女が、重たい口を開いた。

「……どんな苦労していたんだとしても、私は認めないから」

フレイヤは眉に険しく皺を寄せて呟く。

「兄様は魔術も使えて、なんでもできて頭も良くて、集落の……ううん、この国の期待の存在だったんだから。あんたの国のせいで、兄様は……全てをなげうたなきゃいけなかったのよ」

憎しみがこもった眼差しで、彼女は私を睨む。

私はその眼差しを正面から受け止めた。

「……あなたの怒りは当然だわ」

「わかってるならなんで兄様に絡《から》むの？　ヴィルカスにも来ないで大人しくしてれば良いのに」

「それは……責任を取りたいから」

私はまっすぐ答えた。

「アッシュは私を助けてくれて、生きるために必要なことをたくさん教えてくれたわ。だから私も今度は、アッシュが困っているときや手が必要な時に支えていきたい。ヴィルカスの方々に王国が与えた傷は取り返しがつかないほど大きいわ。だからもちろん、ヴィルカスのためにも……国外から力になれたらと思ってる」

「だからって国に乗り込んでくるって正気？」

「ご迷惑をおかけして申し訳ないと思ってるわ。でも知らないまま知った振りをして、行動なんてしても的外れになるわ。だから住まわせてもらえて本当に嬉しい。……他国ヴィルカスのことを知ろうともしなかったことこそ、王国の愚行の原因の始まりだったのだし……」

知らない土地のことは、いくらでも悪く言える。

全く知らないのではなく、一部だけ知って全てを知ったつもりになるのが一番悪い。王国ではヴィルカスは発展の遅れた国で、蛮族の国で、自分たちより愚かな存在だと喧伝《けんでん》されていた。

不満のガス抜きのため。自分たちより『下』を作って現状に溜飲《りゅういん》を下げさせるため。

そう喧伝されることで生まれる世論は、施政者《いせいしゃ》の思惑通りだ。

振り回されないためには知る必要がある。

それ以上に、自分が「知らない」と自覚する必要がある。

「どんな立場だったとしても、アッシュを助けることで、ひいてはヴィルカスの力になれるように
……と思っているわ」

フレイヤは湯に首まで浸かる。

しばらく黙った末、彼女はジロリと私を見た。

「……あんた、兄様のなんなの？」

「王国では潜伏の相棒《パートナー》だったわ」

「男女の関係だったの？」

「偽装夫婦をしていただけよ？」

「……本当に、恋人なんかじゃないんでしょうね？　だって、ただの相棒《パートナー》だなんてあり得るの？　ずっと一緒にいたんでしょう？　あの兄様と。あんなに綺麗な男の人、ヴィルカスには滅多にいないんだからね⁉」

「え、ええと……」

言葉に困る私に、彼女はふんと鼻を鳴らす。

「兄様の婚約者だとか恋人に、安易になれると思わないで。私を認めさせる女しか、アッシュ兄様は渡さないわ。もちろんヴィルカスの女だとしても、私が認める女しか近づけない。……アッシュ兄様の顔や血筋しか見てないやつも嫌だし、英雄として見る人も最悪。兄様を兄様として幸せにできる人しか、兄様に近づけさせたくない」

「フレイヤ……」

「……もちろん！　相棒《パートナー》なんてふざけたことを言う女も、まだ認めてないんだからね！」

ビシッと、指を突きつけ、フレイヤは立ち上がった。

「じゃ、私は上がるわ。あなたものぼせる前に上がりなさい」

「私も上がろうかしら」

「二人同時に上がってどうすんの！　送風機《ドライヤー》一つしかないんだから！　少し時間を空けて上がりなさい！」

「わかったわ」

私は湯の中に戻って答えた。

扉の向こうにフレイヤが消えたのち、私は小さくふふッと笑った。

……彼女はとても優しい。

優しさの表し方が、アッシュとよく似ていて——私は、二人を幸せにするためにも頑張らなければと誓ったのだった。

「相棒《パートナー》として、ね」


帰国後、想像以上にアッシュがやるべき仕事は多かった。

イムリシア王国の侵攻後、クレスタ州では政治が混乱し、特に外交関係の部分は一切手がつけられていない状態だった。外国語に堪能《たんのう》で、かつて父——前州議長の補佐として務めていたこともあるアッシュは、かつての父の部下たちからの信頼も厚い。自分に対しての信頼というよりも、前州議長の実子という肩書きのほうが信頼されている状態ではあるが、利用できるものは利用する。

長年国を支えてきた政治関係者を若造《じぶん》が動かすにはやはり肩書きを使うしかない。勿論、しょせん嫡子ではない子息《じなん》であるということを弁《わきま》えつつ、現州議長の地位を脅《おびや》かすことのないように気をつけつつ、毎日頭が痛くなりそうなやりとりを繰り返していた。

首都で奔走する一日が終わった後、アッシュは馬車に乗り州議長の邸宅へと向かう。

愛しい双子の弟妹、リヤとシルネを迎えて共にフレイヤとキサラの待つジラガーツへ帰るためだ。

「にいさま、おしごとおつかれさま！」

「にいさま、にいさま、シルネのえをみて、みて」

州議長の屋敷で嫡子として厳しく育てられている二人でも、アッシュを見るとただの五歳児に戻る。門を出てアッシュを見て駆け出して、二人はアッシュに思いっきりハグをする。

しかし元気な二人は、馬車に乗って首都を離れ、日差しが少し夕日の色に染まり始めた頃、少しずつ元気を失っていった。

「疲れたのか？　まだ着かないから、寝ていてもいいぞ」

二人はじっと黙る。どうやら違うらしい。たっぷり時間をあけてリヤが先に口火を切った。

「キサラというあのひとは、あんぜんなひとなの？」

「……おうこくのひと、こわい」

そういうことか、とアッシュは腑《ふ》に落ちる。キサラが怖くて当然だ。

アッシュは顎を撫でて考える。二人に無理をしてほしくはない。ただ同時に、キサラにおびえているばかりではせっかくの「他国人と接する機会」をふいにしてしまう。

二人がただの子どもなら、怖いなら帰らなくて良い、無視していい――この方針でいいのだ。

しかし二人はクレスタ州議長の嫡子。否が応でもいずれ他国人と外交で接する機会が増える。

ヴィルカス人は自分たちと同じ容姿の人間以外にほとんど出会わないので、余計に内に籠もりやすい。それが結果として侵攻という最悪の結果に繋がってしまったのは反省すべき点だ。

ヴィルカス人にも色々いるように、他国人も色んな人がいる。それを知るにはキサラとの今の出会いは貴重な機会だとアッシュは感じていた。

アッシュはしっかり考えた後、二人の肩を撫でて告げた。

「いいよ、怖がっていても」

「いいの？」

「もちろん。二人がなぜ怖いと思うのか、キサラはちゃんと知っている。だから無理に仲良くしようとしなくてもいいよ」

「でも、キサラはこちらにゆうこうをしめしているんだよね？」

大人びた口調で、リヤが尋ねる。

リヤは嫡子としての意識が強い子どもに育っていた。一応二人は同格の嫡子候補だが、やはり人々の期待はどうしても男児のリヤに向かいやすい。その影響だろう。彼は必死に考えて言葉を紡《つむ》ぐ。

「ゆうこうをしめそうとしている、にいさまがおせわになったひとに、ぼくたちはあいさつもうまくできていない。それは、よくないちゃくしじゃないかなっておもうんだ」

「相手が仲良くしようと思ってるからって、リヤ自身の『こわい』の気持ちを無理に抑え込む必要はないよ。けれど悩んでるってことは、『こわい』以外の気持ちも少しはあるという証拠だ。少し気になるなあ、どんな人なのかなって、ちょっとは思うんだろ？」

アッシュの言葉に、リヤはこくんと頷く。アッシュは肩を撫でる。

「じゃあリヤが無理のない範囲で、後悔しない判断をすればいい。たとえば、無理に仲良くしようとして、辛くなったらリヤは悔しいだろう？」

「うん」

「逆に、挨拶をずっとしないままで、キサラを知らないまま別れるのも、気になるんだろ？」

「……うん」

「じゃあ罪悪感で『挨拶すればよかった』と思うかもしれないなら、ちょっとだけ挨拶してみたらどうだ？　そしたら気持ちが軽くなると思うよ。もっと話したいと思えば自分から声をかけてもいいし、逆に話したくないなら話さなくてもいいし避けてもいい。どうだろう、挨拶だけしたら、あとはすっきりするんじゃないか？」

二人はお互いに顔をじっと見つめ合う。瓜二つの弟妹は、二人同時に頷いた。

「……うん。にいさまのいうとおりにする。シルネはどうする？」

「リヤがあいさつするなら、シルネもする」

「二人で挨拶しよう」

「うん」

二人の様子に、アッシュはほっと嬉しい気持ちになった。

無理はなるべくさせたくない。けれど二人はいずれ他国とも接する立場になる。

幼いうちに王国人に気後《きおく》れせず話せた、というのは、いい自信と経験になるはずだ。

そこでシルネがアッシュをじっと見ていることに気づいた。

「どうした？」

「……」

シルネは黙って視線を背ける。そしてもじもじとして、リヤに耳打ちする。

リヤが代わりに答えた。

「アッシュにいさまとけっこんするひとなのか、きになるって」

「……け、結婚、なあ……」

それができるかは俺が知りてえよ――アッシュは言葉を飲み込む。リヤがまた代弁する。

「にいさまはおむこにいくのだから、けっこんしないおんなのひとといっしょにいると、こんきがおくれてよくない……だって」

なかなか痛烈だ。アッシュは苦笑した。シルネはおとなしくて引っ込み思案で、勝ち気で苛烈なタイプが多いヴィルカスの少女としては珍しい。それでも言うことはそれなりに厳しい。

正直十九にもなれば、ヴィルカスでは少なくとも婚約者は決まっているのが普通だ。

そういうときに結婚相手としてではなく、相棒《パートナー》として女を連れてくるというのは、ヴィルカスに暮らすシルネには理解しがたいことなのは当然だ。

シルネだけではない、直接言わずとも、アッシュの行動を怪訝《けげん》に思う人は当然多いだろう。シルネが率直に突きつけてきただけで。

シルネは今もまだリヤに耳打ちを続けていた。リヤがシルネの顔を見る。

「シルネ。さすがににいさまにそんなことはいえないぞ」

「……でも……」

「まてまて、何を言おうとしてんだ」

二人は黙って顔を見合わせる。アッシュは肩をすくめた。

とにかく、ふたりはキサラの存在に不安を覚えているのだ。

アッシュは笑って二人の手を取ると、目をしっかりと見て微笑んだ。

「興味があるなら、とにかく話してみたほうがいい。想像だけじゃ相手のことはわからないから」

「うん。はなしてみる。シルネもはなそう。ね？」

「……うん」

シルネは頷いた。


——この国で魔石は消耗品ではなく、魔術を使うための大切な道具だ。

彼らの信仰する女神の恵みとして珍重するそれを、クレスタ州の職人たちは日々身につけるために美しく加工し、装身具としていく。

私はジラガーツで暮らす日々の中で、家の裏手に作られた工房で銀細工を手がける男性や、刺繍部屋で魔石のビーズを縫い込んだ刺繍を施す女性たちの様子を見た。

定期的に首都に商品を納めに行き、そこでお金を得ると同時に他領地からの商品を得るらしい。

技術力は、商品だけでなく自分たちの家づくりやものづくりにも活かされているようで、こちらの日用品の道具はどれも細かな彫り物がされていて、美しかった。

朝食の片付けが終わってふと、視線をあげる。

台所につるしてある鍋つかみや布巾に、どれも繊細な刺繍が施されているのに気づいた。布地の補強のための刺繍だからか、真っ白な糸で細かいステッチで刺されている。

見惚れていると、フレイヤが露骨に眉を寄せる。

「何よ。突っ立って。暇なの？」

「鍋つかみ。ものすごく丁寧に刺繍がされていて、まるで日常使いじゃないみたいだと思って」

「これくらいの刺繍、ヴィルカスでは当たり前のものよ。……何？　王国より劣ってるとでも思い込んでいたの？」

「逆よ。王国ではこんな刺繍、貴婦人のハンカチでも滅多に見ないわ。国外輸出もしているの？」

「していないわ。輸出用はもっと華やかなものよ」

「白いものも素敵よ。きっと欲しい人は多いと思うの」

私の言葉に、フレイヤは仏頂面《ぶっちょうづら》で耳を掻く。

「ほ、褒めても何も出ないわよ」

「もしかしてフレイヤが刺したの？」

「当然でしょう、家のものなんだから。と、とにかく今日は叔父様に呼ばれているんでしょう？」

「あっ、そうだったわね」

「兄様に送ってもらうんだから、モタモタしておくれたら怒るわよ」

フレイヤに追い立てられ、私は台所を出てエプロンを畳む。

今日は王都に向かう日で、道中はアッシュに送ってもらうのだった。

外に出ると、馬を用意していたアッシュの背中を見つけた。

「アッシュ。おはよう」

「……」

「アッシュ？」

「ああ、おはよう」

アッシュは寝起きなのだろうか。どこか上の空のような、ぼーっとした様子だ。

私を見下ろし、少し考えたそぶりをみせると、私の手を掴む。

「来てくれ」

「？　え、ええ」

アッシュはそのまま馬小屋の脇の納屋に引き込んだ。中にはいろいろ道具や雑多なものが置かれている。

ほこりっぽい場所で、アッシュはおもむろに髪紐を解いた。

ふわりと、香油の匂いが漂う。解かれた波打つ綺麗な長髪に、私は思わず見惚れた。

髪紐を私に渡しながら、アッシュは言った。

「……髪、あんたが編んでくれないか」

「え」

突然だった。

「こんなところで？　鏡がある場所にいきましょうよ」

「いやここがいい。人に見られたくない……雑でいいから、頼む」

「い、いいけど……」

アッシュにここまで熱心に頼まれることは珍しい。アッシュがそこにあった椅子に座って背を向けたので、私は手櫛で、アッシュの髪を編むことにした。

相変わらず長くて、質量があって、とても編みがいがある。王国にいた頃何度かクラーラの金髪を手入れしたことがあったけれど、クラーラの髪はもっと量が少なくてひんやりとしていて、すとんと直毛で張りのある髪だった。アッシュの髪は量が多くてわずかに癖があって、指を通すと体温を感じる。髪質って人によって全然違うのね、としみじみしながら、手でまとめていく。

指先が耳やうなじに触れると、くすぐったいのか、アッシュはわずかに身じろぎしていた。

妙な状況だとは思う。

どうしてここで、髪を？　まるで人目を避けるような場所で、なぜ。

ともあれアッシュの髪を触るのは好きなので、私は遠慮なく髪に指を通す。

「ねえ、いつもと少し違う編み方にしてもいい？」

「いいよ」

アッシュは何かを抑えたような声で、小さく言う。

「じゃあ上のほうから編み込んで行くわね」

後ろ頭の高い位置から短い跳ねっ毛も編み込むようにしてきっちり編む。

「立って、アッシュ」

「……ん」

毛先のほうは立ってくれたほうが編みやすい。

アッシュは頷いて立ち上がる。耳が妙に赤いのが目についた。

私は先のほうまで編み込んだ。三つ編みじゃなく、もっと太くしっかりとした編み込み方だ。確

かフィッシュボーンといったと思う。

完成したところで、私はポケットに入れていた手鏡をアッシュに渡す。

鏡を見て、アッシュは満足そうに頷いた。

「うん……どう見ても俺が編んだ編み方じゃないな」

「違う人が編んだ風にしてほしかったの？」

「ああ。……ありがとう」

妙に言葉を濁すようにしつつ、アッシュは感謝を口にした。

「俺の髪編んだの、他の人には内緒にしてくれ。絶対だぞ」

「え、ええ」

アッシュは念押しした後、小屋を出る。いつも王都に出るときと同じように二人で馬に乗り、ジラガーツを出る。

牧草地帯と切り立った山しか見えない景色の中、アッシュが小さく口にした。

「……今日はおそらく見合いを挟まれる」

「え」

私は思わずアッシュを振り返る。アッシュはばつの悪そうな顔をしていた。

「もしかして朝から元気がないの、そのせいだったの」

「お見通しだな」

アッシュは私に肩をすくめて笑う。

「断るわけにはいかねえから、代わる代わる何人かのご令嬢とな」

「……そう」

私はなぜか、胸がずきんと痛くなる。自分でもよくわからなくて、思わず胸に手を添える。

「もしかして、髪を整えてほしいって言ったのは」

——お見合いを前に、髪を綺麗にしたかったから？

そう私が尋ねる前に、アッシュのほうから答えを口にした。

「ああ違う違う。逆だから。その……」

「その？」

アッシュはどこか言葉を濁すようにした末、続けた。

「……髪を編んでもらう関係の相棒《パートナー》がいるってこと、暗に示しとかないと相手に失礼だから。今回の見合いはお互いにとっても、人の顔を立てるための儀礼的なものだって」

「なるほどね……」

首都にたどり着き、私たちは州議長会館の前で別れることになった。

去って行こうとするアッシュの手を、私は反射的に掴む。

「じゃあ、また夕方」

「どうした？」

「……お見合い、頑張ってね」

私はそう言って、背伸びをしてアッシュの髪を整える。

「なっ……」

アッシュは驚いた顔をして一瞬身を引く。周りの目を気にするようにキョロキョロとした後、慌てて取り繕うように咳払いした。

「そ、外でするなって」

「忘れていたわ」

「……じゃ。キサラも頑張れよ」

アッシュが片手を上げて、私の元から去って行く。

編んだ髪が背中でゆらゆらと揺れるのから、なぜだか目が離せなかった。

――じゃあ、もし相棒《わたし》がいても構わない人がいたら、アッシュは結婚するの？

その言葉がなぜか、どうしても口から出せなかった。


州議会堂に入った私が案内されたのは、前回とは違う場所だった。

議会堂の二階、庭園を見下ろす大きな窓辺の応接間は明るく、壁にはヴィルカスの神々を描いた絵が飾られている。カーペットもソファにかけられたラグも、ヴィルカスの技術の粋《すい》を集めた部屋だ。国外の人間、特に商人に向けた場所だろう。ソファに取り付けられた木製の肘掛けもテーブルも、彫刻が見事だ。

向かいには州議長代理、トーヴァ・ユーリフェリス・クレスタが座っている。

「三日もすればフレイヤが叩き出すと思っていたのだが、予想が外れたな」

そんなことをさらりと言いながら、州議長代理はお茶を飲む。

「クレスタ州の方々と交流する機会をいただけて光栄に思っております」

「子息の元婚約者には会ったようだな」

「……はい」

「彼女は神官職を務めるデリア家の当主であり、魔術師として保養地ジラガーツの守護を担当している者。家柄も実力も申し分ない。年齢もアッシュより一つ上で、釣り合いとしては十分だ」

何を言いたいのだろうかと、固唾《かたず》をのんで話に耳を傾ける。

「子息の結婚相手となる令嬢は、最低限彼女と同じだけのものを持つ相手となる。仕事上の相棒《パートナー》としてあなたが子息のそばにいるのなら、結婚相手とも良好な関係を築かなければならない」

州議長代理は、視線を窓の外——斜め下へと向ける。

私もつられて視線を下げる。そこにはアッシュと、銀髪の美しい令嬢が並んで歩いていた。

早速見合いが始まっているのだ。

春先の庭を、何か談笑しながら歩く二人。令嬢の上衣は朱色だ。上衣の色で、所属する州を示していると聞いている。細かく編み込んだ銀髪を左右に垂らし、いくつものリボンで飾った彼女は、見るからに上流貴族然とした佇《たたず》まいだ。

石段を登るとき、アッシュは彼女に手を差し伸べる。

見た瞬間、なぜか、コルセットで圧迫したように肋骨《あばらぼね》の奥がぎゅっと苦しくなった。

「彼女は隣州の州議長の姪《めい》だ。耕作地が広く豊かな土地の婿《むこ》となってくれれば、クレスタ州の復興も早くなるだろう」

二人の様子に目を奪われる私に、彼は尋ねる。

「仮に彼女が子息の結婚相手となった場合、隣州の州議長が拒絶をすれば貴殿は仕事上だとしても相棒《パートナー》関係は諦めざるをえない。王国の令嬢として子息の相棒《パートナー》として支持を得られる気はあるか？　キサラ・アーネスト」

「……」

私はアッシュの身の回りの人だけでなく、アッシュが結婚することで広がる、他の人間関係の皆さんにも「有益かつアッシュのそばに置いていい存在」と認められなければならない。

フレイヤに認められることだけでも大変なのに――途方もないと思った。

「諦めるなら今のうちだぞ？」

「そうですね。まだまだ、やるべきことは多そうですね。でも諦めません。婚約者候補の方々とも、仲良くしたいです。彼女たちや彼女たちの家が、どんな風にヴィルカスの未来をお考えなのか知りたいです。知らなければ、国外でアッシュの活躍の相棒《パートナー》としていられませんもの」

「つまり君はあくまで仕事上の関係として子息と一緒にいたい、という訳だな？」

「……はい」

自分の言葉の歯切れがなぜか悪くなる。その意味が、自分でもよくわからなかった。

州議長代理は意味深に微笑んだ。

そして使用人に命じて私にお茶のおかわりを淹《い》れてくれた。

少なくとも今日は及第点を貰えた。そんな気がした。

州議長代理との会話の後、私は州議会堂前の広場のベンチに腰を下ろしていた。

ここの噴水は公共の飲料水でもあるようで、噴水の周りには昼食をとる人々の姿があふれていた。近隣の役場で働く人々や、行商人、商店街で働く人たちが主のようだ。

当然人々の視線が集まるのを感じる。話しかけられず遠巻きにされているような感じだ。

王国で逃亡中の頃、アッシュと一緒にパンを分け合って公園で食べていた時を思い出す。

そして視線を他に向けると、豊穣祭典の準備がされているのが目にとまった。鮮やかな旗を、どこにかけるのか調整しているようだ。

――私に与えられた期限は豊穣祭典まで。

――それまでにアッシュの周りの人たちや、結婚相手の人々にも認められる必要がある。

「結構な難題よね……」

私は頬杖をつく。王国人というだけでもマイナススタートな上に、私がクレスタ州、そして王国にもたらせる利益を見せて、「相棒《パートナー》として申し分ない」と思っていただかないといけない。

「大変だけど、アッシュと一緒にいたいから頑張らないと」

そう思ったとき。ふと、アッシュがご令嬢と一緒に過ごしている姿を思い出す。

同じヴィルカス人。家柄も立場も申し分ない相手。縁談がまとまればよいことだ。

それなのになぜか、どこか、もやもやとするような気持ちがあって。

「不思議ね……こんなよくわからない気持ち、初めてだわ」

そう思いながらぼーっとしていると。

「キサラ」

声をかけられ、はっとする。そこにはアッシュと、先ほどのご令嬢の姿があった。

私は急いで立ち上がる。アッシュは彼女を紹介した。

「紹介するよ。カレリード州議長の姪、ドロシアだ」

「初めまして。あなたが噂の相棒《パートナー》さんね」

ドロシアと紹介された彼女は、ヴィルカス訛《なま》りの強いイントネーションで私に挨拶する。

「キサラよ。よろしく」

「ふふ、あなたが」

彼女は私を見て、意味深長に微笑みを浮かべる。悪意は感じられない。

王国から来た私を揶揄するというより、興味深いものを見たといった雰囲気だ。

彼女はなぜか気まずげにするアッシュを見やってにこにこしたのち、私を改めて見た。

「いつかお茶でもしましょう。では」

彼女は私の顔を見たかっただけなのか、あっさりと帰って行く。仕草の一つ一つが上品で、綺麗な人だった。使用人を連れて去って行くその背中を見ていて、なんだか私は、言いようもない暗い気持ちになっていた。特に悪意を向けられた訳ではないのに、なぜか。

「どうした、キサラ」

「なんでもないわ」

私は首を振って、話題を変える。

「……見てただろ、上から」

「気付いていたの？」

「彼女のほうが先に気づいてたよ」

「……結婚するの？」

「だからしないって。相手にとっても形だけのものだよ」

アッシュはおさげを指に絡めながら言う。私はでも、と食い下がる。

「初めは形式だけだったとしても、意気投合して話が進むことってあるんじゃない？」

「ないよ。あっちとしても、俺との結婚はあまり乗り気じゃないのさ。俺じゃ旨味《うまみ》がなさ過ぎるし、そもそも男として見られてねえよ」

「そ、そんなものなの……？」

「そんなもんなんだよ。念のため髪も編んでもらったから、こっちが乗り気じゃないことも言葉にせずとも伝わったはずだ」

「誰かに編まれる三つ編みって、何か意味があるの？」

「……立ち話もなんだろ。昼飯食ってないんだ。あんたはどうだ」

アッシュは何か話をはぐらかすように、お昼ご飯の話をする。私もお腹がすいていたのでそれ以上追及せず、頷いた。

「私も食べたいわ」

「決まりだな」

アッシュは私に手を差し伸べる。

それでも私はざわざわとした落ち着かない気持ちが、胸をざわつかせるのを抑えられなかった。

――アッシュが将来、誰かと結婚して家庭を持つ。

そのとき――私はどんな顔をして、そばにいるのだろう。

翌日。

「アッシュの……お嫁さん……」

私は今、ジラガーツの中心にある公園のベンチに座っていた。

やっぱり今日もずっと、アッシュの結婚について考え込んでしまっている。

なぜ私が外にいるかというと、家から追い出されたのだ。

今日は家でフレイヤの同世代の女子と集まりがあるのだ。

女の子のお茶会が大切な情報交換の場であるのは王国でもヴィルカスでも変わりないようだ。

何かお手伝いでもと提案したのだが、

「ヴィルカスのことを知るのも役目なんでしょう？　その辺うろついてきなさいよ」

と言われてしまった。

とはいえ、アッシュも首都に行っているし、双子の弟妹も他にいる。

公園には大人どころか子どももいない。いるのは犬くらいだ。

公園とは言っても私が「公園みたいだな」と思っているだけで、正式名称はわからない。傾斜地に沿うように作られたジラガーツの中心部にある、ちょっとした広場だ。壇のようなものがあり、掲示板もある。アッシュが帰って来た日に宴が催されていた場所だ。普段から集会や会議に使われるのだろう。

遠くからこちらに、石が投げられた。

投げられた方向を見ると、植え込みの陰から子どもたちがいた。四歳くらいから六、七歳くらいまでの、銀髪の可愛らしい集団だった。十人くらいいる。みんなそれぞれ鮮やかな青が目立つ服を着ている。クレスタ州の同胞の色だ。

大切にされ、愛されているのだろうとよくわかる装いだった。

「あくまー」

「あくまー！」

「リヤさまとシルネさまをさらうつもりなんだろー！」

「……私のこと？」

私が尋ねると、再び植え込みの陰に隠れてじーっとしている。

一人の男の子が、木に隠れたまま言う。

「しってるんだぞ。王国のあくまはおれたちのくにをやいて、たべてるんだって」

「えらいひとからじゅんばんに、たべてるんだって」

「……」

私は胸が痛くなるのを感じた。彼らは皆、大切な家族を失くしている。私の父のせいで。

王国民の私がうろついていたら、不愉快に決まっている。

——私は考えた。

——ここで、どうしたほうがいいのか、と。

角《かど》を立てずに立ち去るのがきっと一番賢明だ。

私がいるというだけで、彼らを傷つけてしまうのは当然なのだから。

でもヴィルカスはこれから外国と通じていく。その中で再び王国イヴォーリテとローインズ集落が交易で通じる日もやってくる。

――キサラ・アーネストであることを知った上で、あえて州議長代理は私をローインズ集落の人々が仮住まいするジラガーツに住まわせた。彼の与えた試練に、私は応えなければならない。

私は子どもたちを見た。そして立ち上がり、深く辞儀をする。

「皆さんの遊び場に勝手に来てしまって、ごめんなさい。知らなかったの。私はキサラ。今、フレイヤさんのお宅に住まわせてもらっているの」

私の態度に、子どもたちは困惑している。

女の子がおそるおそる尋ねてきた。

「わたしたちをおそうため……？」

「ちがうわ。知りたくてきたの」

「しりたくてって……なにを？」

「全部よ」

私は膝をついて、目の高さを合わせて伝えた。石を握っている子がいるのもわかっていた。けれどあえて無防備に彼らの前で微笑んだ。

石を握らなければ私と向き合えない気持ちは、尊重したいから。

「わたしは州議長代理に、『もっとよくヴィルカスのことを知りなさい、みんながどう思って暮らしているのか学びなさい』と言われたの。……私は王国から来たのだけど、ヴィルカスの人たちのことを何も知らないの。だからみんなのことを教えて欲しいな。お名前とか、いつも何をしているのかとか」

「俺はトマシュだよ」

「俺はアスラン」

「わたしはマリ……」

一人一人、名乗る子もいれば名乗らない子もいる。

私は微笑んだ。

「ありがとう。ねえトマシュ。ここでみんないつも何をしているの？」

リーダー格っぽい子に尋ねてみる。少し伸ばした髪を短いポニーテールで括った男の子だ。彼はふん、と露骨に嫌な顔をする。

「教えてやるもんか。帰れよ」

「うん、わかった。……ありがとう、名前を教えてくれて。そして話してくれて」

私はトマシュに微笑みかける。トマシュはむすっとした顔で去っていった。他の子どもたちも、後ろ髪を引かれるような感じの子もいるけれど去っていく。去り際に石を投げる子もいた。

手で庇《かば》いながら、私は彼らを見送る。

「……少しでも話してくれてよかった」

それだけでも成果だ。もしかして興味があるのだろうかと、私は思っていたから。

悲しいかな、アーネスト公爵令嬢だった時代に、他者からとことん嫌われ続けていたからわかる。

本気でこちらを傷つけたい、馬鹿にしたいと思っている時の意地悪と、興味があるけれど、声の掛け方がわからない時の意地悪は雰囲気が違うのだ。

高台へと視線を向けると、フレイヤの家から女の子たちがぞろぞろと出てくる。終わったらしい。

「そろそろ帰りましょう」

私は立ち上がり、一人帰ることにした。


それからしばらく、外に出るお使いや用事のたびに、子どもたちと話すようになった。

もちろん嫌がる子には無理強いはしない。

通りすがりに挨拶をしたり、花の名前や家畜の名前など、何かちょっとしたことを質問して教えてもらう程度だ。

もちろん時々、イタズラをされることもあったけれど。

最初は顔を見るたびに何かを投げてきていた子も、いつの間にか「お前も何か投げてこいよ!」と言い出した。

全然話さなかった子が、遠くから手を振ってくれたりするようになった。

そのうちに少しずつ、家畜の世話をしているのを手伝いながら話したり、歩くついでに話したりということが増えた。

鬼ごっこに混ぜてもらったり、ヴィルカスの歌を教えてもらったり。思いっきり走り回って土まみれになって帰って、フレイヤに「何やってんの」と呆れられたこともあった。

そんな風に過ごしたある日。

私が外の流しでお皿を洗いながら歌を歌っていると、フレイヤが怪訝な顔で言った。

「なんで知ってるのよ、この国の数え歌」

「トマシュくんとリリィちゃんが教えてくれたの。首都の学校に通ってる上の兄弟が教えてくれたんだって」

「待って。トマシュとリリィってテンセル家の？」

「ええ」

「いつの間に……」

私はハッと気づいた。

「もしかしてダメだったかしら。フレイヤの迷惑になるのなら」

「あんたがいる時点ですでに迷惑なんだから、せめてちゃんと近所づきあいして、怪しい王国女じゃなく、無害な王国女だと思われてきてちょうだい」

「わ、わかったわ」


ジラガーツで過ごす子どもたちと接するようになったら、自然と定期的に学校に通う世代の子たちと接する機会も増えた。

一定の年齢になると、子どもたちは専用の乗合馬車に乗って首都へと向かう。

そして子どもによっては半日で、もしくは数日泊まりがけで帰ってくる。

一定の時間帯になると、その馬車の停留所には子どもたちが集まっている。

私はトマシュに連れられ、トマシュの兄弟や友達たちに紹介された。

大人はずっと私に態度が冷たいのに、なぜか子どもたちと接することは咎められない。

どうしてなのかしら、と私は不思議だった。

ある日、ついにアッシュの弟妹が帰宅するタイミングに出くわした。

二人は乗合馬車ではなく、クレスタ州議長代理の馬車だ。

「あ……」

彼らは私を怖がっている様子だったけれど、私が他の子どもと話しているのを見て、不思議そうに二人顔を見合わせた。

私は二人に話した。

「お帰りなさい。フレイヤがもうすぐ迎えに来ると思うわ」

「……はい……」

二人は連れてきた使用人の陰に隠れる。

私もそれ以上は近づかず、すぐにその場を後にした。

言葉を交わしてくれる、それだけで嬉しかった。


その日の夜。

夕食を私もリヤとシルネと一緒に食べていいと許可が下りた。

「いいの？」

フレイヤは乗り気ではなさそうだったが、嫌そうな顔をして頷いた。

「二人が一緒に食べたいって言うんだから、しょうがないわ」

リヤとシルネは最初、私を警戒するように黙って食べていた。

そして食事の後、私に尋ねた。

「……キサラ」

「なに？」

「……ほようちのこからはなしをきいている。その……なかよく、やっているようだな」

妙に大人びた口調だった。それに私は微笑んで返す。

「ええ。みんなのことを知りたくて」

「……そうか」

リヤは小さく頷くと、シルネとそのまま二人で逃げるように子ども部屋へと駆けていった。

小さな足音がドアの奥へと消えると、フレイヤが二階を見上げたままつぶやいた。

「……キサラ」

「な、なにかしら」

「余計なことを吹き込んだら許さないわよ」

「わかったわ」

話すな、とは言わないらしい。どうやら彼女なりの「気を遣って話してあげてね」という言い方なのだと、今の私なら汲み取れた。

アッシュは黙ったまま、少し嬉しそうな顔をしてお茶を口に運んでいた。

そんなこんなの日々を過ごしたある日。

私は昼下がりの牧草地帯にいた。

今日は家畜の確認作業などで、アッシュと同行だ。

緑の柔らかな牧草が茂る一帯は、素人の私には違いがよくわからない。

けれど家畜たちが放牧される場所と、刈り取り済みの場所、そしてこれから干し草を作るために保存されている場所といった部分が木杭で整然と分けられているのは何となく理解できる。

ヤギは私から見ると結構な数がいるのだけど、これはまだほんの一部らしい。大半の家畜はアッシュの親戚のご高齢の方々が連れて、春先から山の小屋に暮らしている。今年は集落が燃えた影響もあり、早めに山に向かって牧草を食《は》んでいるという。

最近の子どもたちとの関係について話したら、アッシュが疑問に答えてくれた。

「多分、大人らは子どもを通じてあんたがどういう人間なのか見てるんだよ。きっとあんたが子どもと話してる時も、誰か大人が近くにいるだろうし」

「気づかなかったわ。そうよね、王国民の私だもの、子どもたちだけで交流させるわけがないわ」

「あんたの評判、最近は割とよく聞くぜ」

「そ、そうなの⁉　大丈夫⁉」

「案外粘ってやってんだなって、思われてるみたいだよ」

気を抜かないようにしないと、と私は改めて誓う。

アッシュはヤギを撫でながらチェックしていた。

「うん、みんな住処《すみか》が変わっても元気だな。よかった」

ヤギ一匹一匹の首輪をチェックしていたアッシュに、私は尋ねた。

「アッシュは州議長になる気はもともとなかったの？」

私の言葉に、アッシュは肩をすくめた。

「なれる器《うつわ》じゃないから復讐なんてやれてたんだよ」

「血筋は十分なのでしょう？」

アッシュは散っていくヤギの群れを眺めながら答える。

「俺は次男で、州議長になるための教育も受けていない。嫡男は最初から育てられ方が違うんだ。幼い頃から大人に連れられあちこちの州を回ったり、特別な学舎に入って教育を受けたり」

「……そういえば子どもたちの話でも出たわ。十歳になるまでには、どんな仕事に就くのか決められるんだって」

「そう。早くから専門性を身につけるのが、ヴィルカスのやり方だ。俺は集落で育てられたただの一般人だよ。どれだけ政治に関わっても、州議長としては一生認められない」

「そういうものなのね」

下の弟妹が養子になり、基本的に向こうで暮らしているのもそういう意味があるのだろう。

「でもアッシュ、計算はよくできるし、法律に強いじゃない。契約書だって王国の文言で書かれているのをスラスラ読んでくれたし、そういう教育も受けているのだと思っていたわ」

王国でフルニエール男爵とやり合っている頃、アッシュの知識には大変助けられた。ちょっとしたずるい契約書の文言も目ざとく見つけて、アッシュは最大限私に有利になるように男爵と交渉を纏めてくれていたのだ。

だから余計にフルニエール男爵は小憎らしくて『獣の民』と罵《ののし》っていたのだろう。

「そういう実務を叩き込まれてるあたりが次男坊の証拠だよ。特にクレスタは魔石鉱があるし、魔術師の数も多いし、元々外交を任される立場だった」

「……」

「なんだよ」

「なんだかそういう話をしてるアッシュ、頼もしくてかっこいいなって」

「……スノウがスカートの裾食ってるぞ」

「え？　ひゃあっ！」

まだ生まれたての子ヤギが、私のスカートの裾をはむはむと食べている。

「や、やめてよお」

なんとか引っ張って取り返すと、スカートの裾がべたべたになっていた。

「もう。……でも可愛いから仕方ないわね。ほら、お母様のところにお行きなさい」

抱っこして外に抱えていき、牧場の方角に向かって放つ。子ヤギは可愛らしく鳴きながら、ぴょこぴょことした足取りで岩場を乗り越えて去っていった。

「あの子スノウって言うのね。特別に名前を付けているの？」

「ほかの奴にも名前はあるよ。ただ妙に人懐っこいから、こいつばっかりが目立つ」

「他にはどんな名前の子がいるの？」

「そうだな、少し紹介するよ」

アッシュが近くにいるヤギを指さして、名をあれこれと教えてくれた。

王国では見ることのなかった穏やかさに、私は胸が温かくなる。

「見分けがつくの？」

「当然。人の家の子もわかるよ」

こうして二人で過ごしていると、ふと嫌な気配を感じて振り返る。

いつの間に近づいたのか、ビナリッダが真横でこちらをにやにやと見つめていた。

私が黙ったのを不審に思ったアッシュがこちらを見る。そして僅《わず》かに身をこわばらせた。

「お久しぶりね。二人とも楽しそうにしていてなによりだわ」

アッシュが何か話そうとすると、杖を構えて距離を取る。

「穢れるわ。近づかないで」

あくまでにこやかに、こう言い放った。

「あなた方と一緒にいるところを他人に見られてしまっては、デリア家当主として恥ずかしいわ」

「じゃあ近づかなきゃいいじゃねえか」

「そうね？　まさか往来の多い道の真ん中に、あなたたちがいるなんて思わなかったから」

しっかり嫌味で言い返し、彼女はゆったりとした足取りで去って行く。

すっかり去っていった後に、アッシュが肩をすくめた。

「……嫌いなら無視してりゃあいいのに、あいつは……」

「いいじゃない。揉め事にならなくてよかったわ。帰りましょう」

「そうだな」

「ええ」

アッシュはふっと笑う。ヤギを引き連れ、私たちはユーリフェリス家へと戻る。

こんなふうに、穏やかな日々を過ごしていた。

——しかしそんな日々が、順調に続くわけもなく。


「ヤギを盗んだのはキサラか、ですって⁉」

突然そんな話を持ち込まれた。

言ってきたのは、イヴォーリテの頃から同じ村の人らしい。

「ヤギの数が減っているんだ。あんた、そのへんうろうろしていたじゃないか」

家にやってきた人々は、私とフレイヤに言う。

ちょうど首都にアッシュが出たタイミングだった。

子息には多少遠慮がちな彼らも、若い女の子のフレイヤには強く言いやすいのだろう。彼らは私だけでなく、フレイヤにまで冷たい目を向ける。

私はフレイヤの前に一歩出た。

「私ではないわ。だって私、ヤギの飼い方も知らないし」

「王国女だ、食っちまうんだろう」

「そんな……」

ギラリと彼らは冷たい目で見た。

その中には、この間まで少し会釈を交わし合うくらいまで打ち解けた人もいて――私は困った。

「待ってください。……疑わしいのは私です。まず一度、無関係なフレイヤの家から離れませんか。

フレイヤは州議長代理からの私を住まわせる命令に従っただけです。私はフレイヤさんや、ご家族に迷惑をかけたくありません」

「迷惑をかけたくないだって？　ここに来ている時点で」

「申し訳ありません。皆さんのお話、しっかり受け止めさせていただきます。一度場所を移して」

私は彼らについていく。

「キサラ、ちょっと……！」

フレイヤが私の名前を呼ぶ。

「大丈夫。ヤギさん、早く見つかるように協力するだけよ」

私は微笑んだ。

フレイヤがそこでグッと唇を噛み締め、言う。

「冗談じゃないわ。私にはあんたを監督する責任があるのよ、ついていくわ」

「フレイヤ……」

「あんただけに任せられるわけないでしょう、別にそれだけよ！」

そしてヤギがいなくなったという小屋へと向かう。

私は尋ねた。

「皆さん魔石を使いますよね。魔石の反応はどうなんですか？」

アッシュが見ていた時に私は知っている。一匹一匹の家畜には首輪に魔石がついていて、その魔石で管理をされていると。

「全く反応しないいんだよ。だから王国女のあんたが余計なことしたんだろ」

「王国ではヴィルカスのような魔石の使い方をできていません。私も子息様に伺うまで、魔術を知らなかったんです」

「それは本当よ」

フレイヤが隣から言う。

「だってこの人、魔石を使わずに家事をしていたのだもの。皆さんの家にお使いに出した時も、歩いて手で運んで持ってきていたでしょう？」

「確かにそりゃそうだ。魔石の力を扱えるのは女神に愛されたヴィルカス人だけだ。この黒髪の小娘が使えるわけがない」

私は少し騙《だま》しているような気がして、申し訳なくなる。

「とにかく怪しいんだ。魔石だって壊しちまえば使えなくなる、万能じゃない。やっぱり州議長代理に訴えて」

話が大きくなりそうになった時。

——しゃらん、と鈴が鳴る音がする。

見ると、そこにはビナリッダの姿があった。

「お困りのようね？　ジラガーッ地区の担当魔術師として、私が力になるわ」

「魔術師様……」

その場にいた人たちが一斉に辞儀をする。

彼女が杖を構え、何かの呪文を唱える。杖に嵌まった紫の魔石が輝いた。

「ヤギの名前は？　生まれた年月日を」

「ドンケで、生まれたのはヴィルカシア二五六年三月十八日で」

ヤギの飼い主は少し嫌そうに答えた。気のせいだろうか。

「わかりました。それでは大地に尋ねます」

するとなぜか私たちのいる場所が一瞬だけほんの少し暗くなり、草原のほうで、キラキラと輝くものが見えた。

「……あちらを見てごらんなさい。そこに答えがございます」

そこには石が割れていた。

そして、杖をそこでついて軽く振動させると、ヤギがめえめえと出てきた。

フレイヤが呆れた声を上げた。

「もしかして首輪が壊れていたの？」

ヤギの飼い主は青ざめた。

「すみません、ありがとうございます」

みんな散っていく。そこで、残ったフレイヤとキサラにビナリッダは笑う。

「危ないところでしたね。このまま出てきて大騒ぎになればあなた方は困ったでしょうね」

「助けなくていいわよ」

「ありがとう」

「いえ。だって秩序を守るのは私の仕事ですもの」


帰ったところで、フレイヤは盛大なため息をついた。

「ったく、疑われて、あの女に世話になる羽目になって……最悪」

髪をかき乱して、疲れたとばかりにソファにどっかりと座る。

「私のせいで疑われてごめんなさい。でも解決したのに……皆どこか微妙な顔をしていたわね」

「そりゃあ……デリア魔術師一家に対して、私たちイヴォーリテの人間は微妙な感覚だからね」

フレイヤはソファにぐったりとしたまま呟く。

「助けられたら慣習としてそれなりの謝礼を贈らなければならないし。相手が一方的に世話をしてきたんだとしても」

「まあ」

「それに兄様との婚約を破棄したのよ！」

身を起こし、フレイヤは昨日あったことのように怒る。

「穢れたって言って、私たちの故郷もずかずかあいつらがお清めだなんだって聖域にまで入ってきて。……イヴォーリテのみんなは、色々複雑に思っている人がいたとしても、兄様のことは……好きだから……」

「……そうなのね……」

「とにかく、今回はちょっと疲れたわ。私は寝る。掃除や色々はキサラ、任せたわよ」

フレイヤはぐったりと立ち上がると、部屋に戻っていった。


その日を境に、子どもたちと挨拶ができなくなった。

まるで見えなかったもののように、または申し訳なさそうに子どもたちは私を避けていく。

それを私は止められなかった。彼らが保護者から怒られるのはかわいそうだから。

次に話しかけてくれたのは、リヤとシルネだった。

「おともだちがね、キサラにごめんなさいって言ってたわ」

「……それだけ。じゃあ」

ぴゃっとまた去って行く二人。

私はしょんぼりした気持ちになった。

「リヤとシルネに気を遣わせてしまったわ……」

これでは本末転倒だ。

刺激しないように……好感度を下げないように過ごしていたけれど、言われたことをやったり受け身でいるだけでは、やっぱりダメだ。

いつか認めてもらいたい、と相手任せでは横槍が入ってしまえばおしまいになる。

私が嫌われるだけなら仕方ないで済む。けれど。

「離れた後に……フレイヤやアッシュのご家族ご親族に、迷惑をかけるような滞在にはしたくない」

無難に過ごすのでもない。受け入れてもらうのを待つのではない。受け入れてもらえるように、行動するのだ。

私はヤギのスノウを撫で、立ち上がった。

「甘かったわ！　私、自分でやれることしっかり考えなくちゃ！」


思い立ったが吉日！　というわけで、一週間後。

州議長代理に呼ばれた席で私は訴えた。

「働かせてください」

「突然だな」

「こちら、ここに来る前に事務室のほうでお借りしてきました」

机に置いたタイプライターを撫で、私は訴える。

「私、入力はとても速いんです。打ち損じはありません。以前広報社でお仕事をしていたので、保証できます。ヴィルカスではあまり使う人がいないと聞きました。翻訳だってできます。子息様から、今は外国語ができる人手が足りないと聞いています。お願いします」

「入力作業くらいなら誰でもできる。今いる職員の習熟を待つのも必要なことだ」

「余っている分や、人の手が足りない分だけで十分です。今なさっている方の邪魔はしません。他にも、ただの入力だけでなく、意図がきちんと伝わる翻訳をできます」

藪《やぶ》から棒にそんなこと言われても困るとは承知だ。

「こちら、現場の未翻訳書類のリストです」

私は執務机に書類の束を提出する。これを手に入れるための下準備に、一週間をかけたのだ。

「アッシュに手伝って貰い州議会堂の事務局に入り、手をつけられる人がいなくて積もりに積もった未翻訳の書類の数を数えてきました。王国の侵攻以降の人手不足の影響で、特に輸出入関連の書類が悲惨なことになっているらしいことを局長様にうかがいました」

局長からの推薦書を、最後に添える。

外貨が欲しいタイミングに大変な事態だ。州議長は眉間に皺を寄せたまま、リストと推薦書を交互に見る。

「このリストはあなたが？」

「はい。局長さんのチェックも受けております」

「勝手なことを……」

「入力以外でもお役に立てます」

私は荷物に挟んでいた、王国やエイゼリアの商品広告を広げてみせる。

「ヴィルカスの輸出品に、各国に合わせた売り文句をつけられます。例えばこれですが……」

私はフレイヤから借りてきたテーブルクロスを取り出し、机に広げる。

まっさらな木綿に白い糸で刺繍をした、シンプルで飽きの来ないデザインのものだ。

「王国に売るならば、新しい時代を意識させるもの。成り上がった平民階級向けがいいので、平易な表現でスキャンダラスに。数千年の歴史を誇る華国に売るならば——素材の良さと貴重さ、ヴィルカスの歴史を強調する。最後に――エイゼリアへは権威付けがおすすめです。他国で話題になってからすぐ、その評価を強調した売り文句にすればよいでしょう」

伝えつつ、私は売り文句を作ったものを提出した。

「事実、私はただの弱い子どもでありながら、人々を焚《た》きつけ『悪女』になった女です。良さをアピールするのは得意です。……私にさせてよかったと思わせてみせます」

「……悪女、か」

彼はじっと考えたのち、口にした。

「そして、ここで得た情報を面白おかしく醜聞《スキャンダル》にして王国で売るつもりか？」

私は微笑んで伝える。

「悪女も生き延びるための『売り文句』でした。これからヴィルカスの皆さんに利益をもたらし、認めてもらうことが一番の目的です。私が疑わしければ、すぐにキサラ・アーネストだと暴露してください」

「……それは……」

彼はたじろいだ顔をした。

私は背筋を伸ばして伝えた。

「私はアッシュが安心してこの故郷を離れて仕事ができるようにしたい。それをできないで、何が相棒《パートナー》だって思います」

彼はじっと遠くを見ていたが、ふっと私を見た。

「仕事は多いぞ。覚悟しておけ」

「……ありがとうございます！」

私は頭を下げ、そしてタイプライターを撫でた。

「今日からよろしくね、私の相棒」

「あなたに対する信用と、仕事能力の話はまた別問題だからな」

最後に付け加えられた言葉の意味を、しばらく反芻《はんすう》したのちに私は気づいた。

州議長代理は少し、私を認めてくれたらしい。

第三章　認められるために

その日から私の日々は変わった。

朝から魔石の力も利用しつつ家事を終わらせ、アッシュと一緒に首都に向かい、そこで一旦《いったん》別れて仕事をしたのち、夜までにアッシュと帰る。夜は夜で家事をして、温泉から人がいなくなった頃に、温泉に入った。

私は仕事の中で、輸入品に埋もれた絵本や教材に気づき、それの翻訳も申し出た。

翻訳した教材は主に政治関係者の子どもたちに持ち出され、リヤとシルネも読んでくれたらしい。

「二人に読み聞かせをしてやってほしい。王国語での朗読もよい勉強だろう」

州議長代理にそう提案されて、私は喜んで引き受けた。

数日に一度、私はリヤとシルネと過ごす時間を持つことになった。二人は首都の州議長代理の屋敷で暮らし、そこで家庭教師をつけた教育を受けている。私もその家庭教師の一人になったようなものだ。

「……よろしくたのむぞ、キサラ」

「……」

未来の州議長らしく胸を張って言うリヤと、黙ってもじもじと後ろに隠れるシルネ。

私も膝をついて目の高さを合わせ、二人ににっこりと挨拶した。

「こちらこそよろしくね。最初は何が読みたい？」

「おひめさまのおはなし！　はちみつひめの！」

意外にもシルネがすぐに、絵本を押しつけてくる。手描きで刺繍まで施された豪華な絵本で、私が翻訳したものを間にはさんでいたものだ。私は微笑んで受け止めた。

「わかったわ。じゃあソファに座りましょうか。二人で両側から見れば一緒に読めるわ」

そして絵本を読んだ後は、私が二人にヴィルカスの文化を教わる番だ。

他の家庭教師に習った文化や歴史の話を、二人が私に教えることで記憶を定着させるのだ。

——こういう勉強方法は、兄や王太子が行っていたのでよく覚えている。

私は教えられなかったけれど、隣の部屋で盗み聞きして覚えたこともたくさんあった。

「キサラ、おにわにでよう。いまのきせつのくさばなをおしえてやろう」

「わたしにおはなのかんむりつくって」

「ええ、行きましょう」

私も二人からいろんなヴィルカスのことを教わった。二人も何も知らない私にあれこれと教えるのは楽しいようで、リヤもシルネも、少しずつ私を受け入れてくれるようになった。

そして首都で仕事を任されるようになったからか、ジラガーツの方でも人々の態度が軟化してきた。

直接的に関わっていないにもかかわらず、不思議だった。

ある日の帰宅前。州議会堂前の馬車停留所でアッシュがその疑問に答えてくれた。

「そりゃ首都であんたが色々やっている話は、ジラガーツにも入るからな」

「そういうものなのね」

「クレスタ州の人間にとって、リヤとシルネは最も大切な存在だ。その二人が認めてしまったら、他の人もあんたを無下にはできないんだ」

アッシュがそう言ったところで、向こうの方からリヤの声が聞こえた。

目を向けると、使用人に連れられたリヤとシルネが二人でこちらに駆け出していた。

「にいさま！」

「おつかれさん」

アッシュは屈託なく微笑むと、膝をついて両腕を広げ、飛び込んでくる幼い弟妹を受け止める。

ぎゅっと抱きしめ背中を撫で、日々の学習を頑張る二人をねぎらった。

「にいさま、きょうはごしんじゅつのしゅうれんをしたよ」

「そうか、夕飯の前に汗を流しに行くか」

「わたしはだんごむしつかまえたの。ポケットにはいってるわ」

「早く言え、潰すだろ」

二人に接するアッシュは声の色が優しい。手つきの一つ一つが、本当に子どもを世話してきた兄の手つきだった。

「帰ろうか。フレイヤが待ってる」

そして四人で州議長代理が手配する馬車に乗り込み、ジラガーツまで向かう。

馬車の中でも楽しい話題で盛り上がって、とてもよい団らんの時間だった。

ふと――私は、道中で丘の上へと目を向けた。

「……っ……！」

ビナリッダが一人、ぽつんと丘の上からこちらを見下ろしていた。

遠くて顔はわからない。けれど黒いマントと緑の刺繍、シルエットから間違いない。

アッシュたちは誰も気づいていなかった。私だけが肝《きも》が凍った思いだった。

フレイヤは驚いた。

昨日帰ってきたリヤとシルネが、すっかりキサラに懐いていることに。

朝もキサラと仲良く首都に帰っていったし。信じられない。

もやもやとした気持ちを抱えたまま一日を過ごした夕方、フレイヤはかまどの前にいた。

居間に置かれた暖炉とは違い、家族しか入れない聖域の台所はフレイヤにとって一人になれる、大切な場所だった。

煮込まれるスープを見下ろす。薬湯だった。気持ちが沈んだ時に飲むと、お腹の奥から暖かくなって楽になる。

亡き母の容姿と狩りの腕は兄のアッシュが引き継ぎ、フレイヤは母の薬の技術と声がよく似ていると言われてきた。薬湯は、フレイヤにとって記憶にある母のように優しいものだった。

椅子の上で片膝を抱え、フレイヤは目を閉じる。

女神様に話しかけたい時、ヴィルカスの女はこうする。暗闇の中、炎の光が淡く見える気がする。

「……女神様。私はあの王国女をどう思えばいいのでしょう」

キサラ。王国の女。

全てを奪い尽くし、そして兄を復讐の道に進ませた、憎くて憎くてたまらない王国の女。許してはいけないのに。実際迷惑だって被《こうむ》っているのに。

すっかり最近は生活になじんでしまっている。

リヤもシルネも、気がついたら当たり前のようにキサラに懐いている。

気持ちがついていけず、置いていかれているのは自分だけのようだ。

「自分でも信じられないんです、女神様。……台所の仕事まで手伝わせて。……あの女に……私は迷っているのでしょうか。私の進む道は、おかしいのでしょうか」

女神様の返事はない。わかっている。

ローインズ集落が燃やされた日、当然フレイヤは祈った。女神様の像が壊された時だって、兄がヴィルカスを離れると聞かされた日だって、フレイヤは祈り続けた。それから帰りを待ち侘びる数年間のあいだ、長い間、毎日何回も、暇さえあれば、フレイヤは女神様に祈った。

兄が無事に帰ってくると聞かされた時、フレイヤは女神様に感謝した。

兄を無事に帰してくださって、ありがとうございます。と——

「あんな女、連れて帰ってくるなんてひどいです……」

フレイヤは顔を膝に埋める。柔らかなスカートごと膝をギュッと抱く。

憎しみだけでいたかった。王国は悪い。悪魔だ。兄を誘惑して許せない。

それだけでいたかったのに——勝手に湧いてきた情が、フレイヤの決意を揺らがせる。

毎朝早くから家事を引き受け、ジラガーツの人々に冷たい扱いを受けても泣き言の一つも言わないで。フレイヤが毎日冷たく扱っても、怒鳴っても、喚いても、キサラはただ少し眉を下げた笑顔で受け止めていた。

一人でカリカリしている自分が恥ずかしくなる。

それに——。

「フレイヤ」

少し掠《かす》れた、フレイヤの大好きな声が聞こえてきた。

振り返ると兄がそこにいた。

「……何よ。祈りの最中にこないで」

「悪いな。少し元気がなさそうだったから気になって」

「元気だし。心配しすぎよ、兄様」

薬湯の匂いを台所中に漂わせながら、馬鹿げた強がりだと自分でも思う。

兄は黙って近くに立ち、じっとかまどの火を見つめている。

長い三つ編みにかまどの明かりが反射してきらきらとして綺麗だ。

そして今でもやっぱり、記憶の中にある母の顔によく似ていると思う。

兄の髪は集落の男たちの中でも特に長い。兄は女顔を揶揄されるのを嫌がるのに、それでも一際長く髪を伸ばしている理由を——フレイヤは知っている。母に似せるためだ。

母は双子を産んですぐに亡くなった。弟妹は母の顔を知らない。だから兄は母に似た顔で笑い、母が最後に撫でた毛先を切らないまま、弟妹を育てていた。

コンプレックスを投げ捨て、弟妹のためなら躊躇《ためら》いなく、母に寄せた容姿を保つ兄のことを、自分は。

「……兄様こそ。あの女に構ってないでいいの」

拗《す》ねた言い方になる自分が嫌だ。兄は返事の代わりに私の頭を撫でた。

幼い頃から私の髪を撫で続けてくれていた、今も綺麗な優しい手で。目を閉じると涙が溢れて、悔しくて顔をスカートに押し付ける。

――亡き長兄は兄とも呼べなかった。一緒に暮らす時間は短かったし、妹の私でも『嫡子様』と呼ばなければならなかった。立派な人だった。理想を形にしたような人だった。

アッシュという兄は、フレイヤにとって甘えられる、たった一人の兄だった。

そして兄にとっても間違いなく、フレイヤはかけがえのないたった一人の妹だった。

そして弟妹が生まれ母が没した後は、二人で協力して母代わりの役目を果たしてきた。

フレイヤは兄の力になりたくて、頼りになると思われたくて、たくさん背伸びをしてやってきた。

けれど。あの王国女を見つめる兄の眼差しは、今まで見たことのない表情だった。

フレイヤは思い知らされた。

兄を助けたいと言いながら、母の面影《おもかげ》を押し付けて、母代わりとして、兄としての役割以外の兄を見ていなかったと。

王国女《キサラ》を見ている時の兄は――とても優しくて、壊れ物を見守るような目をしていた。

フレイヤは『アッシュ』という人の顔を見ようともしていなかった。子どもだった。

だからキサラの存在が疎《うと》ましかった。悔しかった。憎らしかった。それなのにキサラのことを、少しずつ受け入れてしまっている自分がおかしくて、わからなくて。

怖くなっていた。考えすぎて疲れていた。

――私はこんなに、迷いだらけの人間だったのだろうかと。

「……温泉、行ってくる」

「おい。そろそろ日が落ちるし、キサラと一緒に」

「一人で行きたいの。キサラは兄様が送ってあげて。……じゃ」

兄が引き留めるのを聞かず、フレイヤは夕暮れの中に出て行った。

優しい兄に、余計な八つ当たりをしてしまう前に。


からからとカウベルの音があちこちで響く。家畜が小屋に帰る時間だ。

フレイヤは小屋に戻る家畜たちと逆に歩いていく。

「……最低。まるで子どもみたい」

意地っ張りな自分を揶揄するように、フレイヤは一人呟く。

「スノウ！　スノウ、どこにいる！」

その時、近くの道から大声を張り上げる男性の声が聞こえた。うちの手伝いをしてくれている人の声だ。駆けてそちらに向かうと、汗だくで弱り果てた顔の彼の姿があった。

「どうしたの？」

「ああお嬢。すみません、スノウがさっきから全然見つからなくて」

「大変ね。魔石探知は？」

「それが……」

「私も探すわ。子ヤギだから、遠くには行っていないはずよ」

それから私もピアスの魔力感知を使いつつ、スノウがいそうな場所を探す。岩場の陰、別の家の小屋、林の中。けれどどこにもスノウはいない。臆病な子だから、遠くに行けるはずはないのに。

「どこに行ったの……」

ふと視界が暗いような気がして、気づく。

あっという間に空の茜《あかね》色が深みを増し、陽が落ち始めている。カウベルの音も遠くなっていた。

想像以上に外が暗くなっていたようだ。

「いけない。そろそろ帰らないと」

フレイヤは踵《きびす》を返す。

林の近くを通った時、フレイヤは不意にどん、と固いもので背中を押された。

「え」

視界が回る。耳の真横で坂を滑落する嫌な音がする。

フレイヤは、あっという間に急斜面の林を滑り落ちた。

――見下ろして笑う、女の笑い声が聞こえた。


「キサラ、フレイヤを見なかったか」

夜。アッシュが私に尋ねた。

「見なかったわ、どうしたの？」

「風呂に行ってから帰ってこないんだ」

「えっ」

私はカーテンを開き、窓の外を見る。外は真っ暗だ。

夕飯の準備を手伝ってくれていたお手伝いさんも、家に帰ってしまっている。

「こうしてはいられないわ、探しに行きましょう」

腰を浮かす私に、アッシュが目を丸くする。

「冗談じゃない、家にいてくれ。あんたまで迷ったら手に負えねえから」

「大丈夫よ。毎朝暗いうちから外に出ることもあるし、土地勘はあるわ」

「でも」

「フレイヤだって、私が探し回ってる方がきっと出てきてくれるはずよ。『あんたに心配される覚えなんてないわよ』って、言い返しながら出てきてくれるかも」

「だが……」

「それに、アッシュが探しに出て行ってしまえば家には私一人よ。それも危ない気がするのよ」

「まあ、それは確かにそうだが……」

「お願い。一緒に私にも探させて」

アッシュは少し躊躇《ちゅうちょ》した末、頷いた。

「わかった。……なら、これを持って行ってくれ」

アッシュは戸棚からペンダントを出す。革紐で括られた先に、無骨《ぶこつ》な魔石の原石が付いている。

「狩りで山に入る時、犬につける迷子防止の魔石だ。この石があれば近くに来たらフレイヤには伝わるし、万が一あんたが迷子になろうが俺に伝わる」

「ありがとう」

「犬用しかなくて悪いな」

「気にしないわ。綺麗だし」

犬用でよかったと思うのは秘密だ。どうしてもアクセサリーとしての魔石には嫌な思い出がある。

私はペンダントを首にかけて襟《えり》の中にしまった。

その、瞬間。

「え?」

胸元でなんだかふわっと暖かくなった――気がする。

思わず胸元を押さえる私に、アッシュが首を傾げる。

「どうした?」

「ごめんなさい、なんだかふわっと暖かくなった気がして」

「そんな効能はないはずだが」

「私が頼もしく思っちゃったからね、きっと」

そして私とアッシュは、手分けをして夜を歩いた。

一度日が暮れ出すと夜は早い。

真っ黒な木々の合間から覗《のぞ》く空には満月が輝いている。

夜にこんな場所を出歩く人なんていない。

ありがたいことに灯《あか》りがあるので、ふわふわと夜道も柔らかく明るい。

「フレイヤ、フレイヤ！　どこにいるの？」

返事はまったく聞こえない。一瞬「私が探しても出てこないのでは？」と思ってしまったけれど、思い直す。彼女は責任感が強い。私のことが気に入らない程度のことで、家出したり、私の呼びかけに応えなかったりするような人ではない。

「何か事件に巻き込まれたのかしら」

口にしただけで、だんだん恐ろしくなってきた。無意識に胸元に手を当て、ぎゅっと拳を作る。

その時。

ふとペンダントの魔石がふわっと暖かくなったような気がした。

「え」

次の瞬間、熱に呼応するように遠く何かが光った。ごく僅かな輝きだ。

その輝きを感じて初めて、私は目の前に続く道の石垣の一部が崩れているのに気付いた。

崩れた先の谷底で、もう一度何かが光った。

私はそちらを覗き込んで呼びかけた。

「フレイヤ、フレイヤ！」

返事はない。けれど、確かな輝きが見えた――あそこにいる！

思った瞬間、私はバランスを崩す。

「っ……！」

思い切り転がり落ちながら、私は思い出す。

イヴォーリテで暮らしてた時、何度か斜面をずり落ちたことがある。

その時アッシュが教えてくれたのだ。私でもできる受け身の取り方を。

「……はあ、はあ」

私はなんとか無事に受け身らしいものを取ることができた。

周りを見渡すと、荒い呼吸をする人影が月明かりに照らされていた。

ぐったりとしたフレイヤだった。

「フレイヤ！」

私は青ざめ駆け寄ろうとして、我に返って深呼吸する。

アッシュに教えられていたではないか。こういう時は、すぐに動かしてはいけないと。

傷がどこにあるのかを見ていると、フレイヤが目を覚ました。

「フレイヤ」

「大丈夫よ。……足を捻《ひね》っただけ。私一応薬師をしているから、多少はわかるわ」

フレイヤは少し黙って、そして口ごもるように告げた。

「……ありがと。見つけに来てくれて……」

スノウがフレイヤの手を舐《な》める。二人が無事ならよかったと、私もほっとしたその時。

――ウオオオオン
そこに、獣の声が聞こえてくる。

一瞬穏やかになったフレイヤの声が険しくなる。

「こんなところまで獣は滅多にこないのに……やっぱりあいつが……」

「あいつって？」

「決まってるでしょ⁉　あの女魔術師よ、ええいいけすかない……」

フレイヤはぎり、と歯噛みした。

「申請無《な》しに魔術で獣を追い払えば処罰対象になる。あかりの炎を照らすくらいじゃ、魔術酔いした獣は祓《はら》えない。……最悪よ……銃さえあれば、私だって撃退できるのに……！」

立てないからか、獣への恐怖からか。フレイヤの体は震えていた。

私はスノウとフレイヤをまるごと抱きしめ、懸命に考えた。

彼女たちを守るために今自分に何ができるか。胸が熱くなった気がする。

私はペンダントを取り出した。そこでフレイヤが目を丸くした。

「あんた、それ持ってるなら早く言いなさいよ！　貸して！」

フレイヤはすぐにペンダントを奪うと、手のひらから光を放った。

強い光を浴び、魔術酔いした獣がキャイン、と声をあげる。

どさり、と何か音がする。光が収まる。

フレイヤは二つに縛った髪の毛の先を撫で、ふわっと青白く光らせる。光の魔術だ。

「わあ、……綺麗」

「呑気《のんき》ね。あれが何か見てみないと」

よろけながら近づくフレイヤに肩をかす。

「近づいて大丈夫なの？」

「ええ。あんたが首に付けてたのは犬の護身用の魔道具。緊急の時は犬でも光を放つこともできるのよ。王国女のあんたには使えないでしょうけど」

「アッシュは教えてくれなかったわ」

「当然よ。あんたが持ってても居場所がわかるくらいの意味しかないし。仮に万が一あんたに魔力があっても、魔術の心得がなければ出せないわ」

「そうなのね」

なるほど、と思う。

私は確かに『女神の右目』を使えるだけの魔力はある。けれど、魔術は全く使えない。

そしてそこに転がっていたのは、見慣れた犬だった。

「嘘……この犬たちって……」

「あの家の犬ね。……なるほど、獣が出てくるわけがないと思ったら、家畜に襲わせていたわけね。ふざけないで」

「治るの？　この子たち」

「大丈夫よ。さっきの光は浄化もできるから、目覚めれば普通よ。……今の光と音でみんな色々気付いたと思うから、いずれ人が来るでしょう」

フレイヤは座り込んだ。

するという通り、アッシュがすぐに斜面を滑ってこちらにやってきた。

「フレイヤ！　キサラ！　無事か」

「……私の名前を先に言ったから許してあげる、兄様」

フレイヤがアッシュに肩をすくめる。

名を呼ばれなかったスノウが不満を表明するように、からからと鈴を鳴らしてアッシュの周りをまわった。

アッシュがいれば、脱出は容易《たやす》い。アッシュがフレイヤを担ぎ、私がスノウを抱いて。ゆっくり回り道で元の道に戻り、私たちは家へと帰ることができた。


フレイヤは翌日には歩けるようになった。彼女を心配した若い薬師の男性が、大慌てで湿布薬を作って手当てしてくれたのだ。どうやらフレイヤの働いている湯治旅館のご令息らしい。

温泉の効能とヴィルカスの製薬技術はすごい力があるようだ。まさに魔術。

そして事件から一週間後。私たちは三人で州議長代理の元に報告に行った。

以前のように応接間のソファに腰を下ろした私たちは、妹に起きた顛末を説明した。すでに概要はアッシュが知らせてくれているから、話は早かった。

州議長代理は顎を撫で、

「魔術師か……」

と呟き、続けた。

「フレイヤを突き落とし、キサラがフレイヤを陥《おとし》いれたのだと噂を立てるつもりだったのだろう。各家庭が多忙な夕暮れ時に自由に動ける人間は、限られているからな」

フレイヤは包帯を巻いた足首に触れ、悔し気に口を開いた。

「キサラの悪評を広められたら上出来で、私が怪我《けが》をするだけでも嫌がらせとしては十分。魔力酔いさせた牧羊犬に襲わせることで、あの犬の飼い主とユーリフェリス家の関係を険悪にさせる意図もあったのよね。ったく……犬を何だと思っているの、あの女」

「ともあれ、今回は魔力酔いの犬がいてくれて助かった。これなら魔術師としての村の監督不行き届きとして、堂々とデリア家をジラガーツ担当から外すことができる」

「ほんと、キサラが来てくれたから助かったわ。私一人だったら犬を攻撃しかねなかったもの」

「フレイヤ……」

こんなに直球で助かったと言われるとは思わず、私はじーんと胸が熱くなる。

私の態度で我に返ったフレイヤが、真っ赤になってまくし立てた。

「た、助かったって言っただけだからね！　あんたのこと、まだ認めてないんだから」

いつもの気の強さを取り戻したフレイヤに、州議長代理とアッシュの雰囲気が和《やわ》らぐ。

私は、気になっていたことを三人に尋ねることにした。

「あの……気になっているのだけど。なぜビナリッダは執拗《しつよう》に嫌がらせを続けるのかしら」

当たり前のことを聞かないで、と言わんばかりにフレイヤが半眼で答える。

「そりゃあ、ユーリフェリス家が気に入らないのよ」

「ええ。けれど家名を背負っている彼女がちまちまとした嫌がらせを繰り返すのは、単に気に入らない以外の理由があるのではないかと思って……」

「それも理由があるの。ユーリフェリス家を陥れたいのよ。代わりにデリアの人間を州議長に据えるためにね」

フレイヤはやれやれと肩をすくめる。

「州議長は直接選挙で選任される決まりだけど、実質的には世襲制。議長の座を争うとしても、親族同士の争いになるのが多いわ」

やはりアッシュが国外に出ていたのは必要なことだったらしい。フレイヤは続ける。

「デリアはユーリフェリス家を何としても蹴落として州議長の座を奪いたい。けれど正攻法で奪うのは難しい。だから草の根活動レベルでしつこく悪評を広めて、叔父様の足場を不安定にしようとしているのよ」

「代理のうちに、だな」

州議長代理が言葉を引き継ぐ。

「十一月の州議長選挙まで、私はあくまで代理だ。私の代で建国以来続くユーリフェリス家の職務を失わせるわけにはいかないのだが――」

「待ってください。とても大切な時期に、私を招いてくださったのですか？」

私は己がここにいるという、ことの重大さに気づいてしまった。

王国の女、それもキサラ・アーネストという立場を脅かしかねない爆弾を、あえて州議長代理はヴィルカスのユーリフェリス家に招いてくれたのだ。

「なあに弱気なこと言ってんのよ、今更でしょうが」

青ざめかけた私の背中を、フレイヤがバシッと叩く。

「デリア家のほうから先に、兄様が王国女とつるんでるなんて暴露《ばくろ》されたほうが問題よ。それより、こちらからさっさと王国女と繋がってることを公開しておきたかったのよ。そうよね？」

「大体はそうだな」

フレイヤの物言いに州議長は苦笑いする。アッシュはふと、なにかを考えるような顔をしていた。

私と目が合うと、肩をすくめて笑ってみせる。

――何かを、ごまかした？

普段のアッシュならば私の心配を解消するため、丁寧に状況を説明してくれる。もちろん、フレイヤが話してくれたから譲ったのかもしれない。けれどなぜか引っかかった。

――大丈夫。アッシュなら、きっと理由があって何かを隠しているんだわ。

私がそう納得している隣で、アッシュはフレイヤの肩を宥めるように叩いて言った。

「今日の件も証拠を集めればデリア家が不利になる。あっちも実力行使にでなきゃいけないくらい追い詰められていると思うしかないな。……フレイヤには辛い思いをさせちまったが」

「私は平気だって言ってるでしょ。あんな女を怖がってるようじゃ、一人で兄様不在の家なんて守っていられなかったわよ」

「う……」

痛いところを突かれてアッシュが黙る。

そんな会話を続けていると突然、執務室に足音が近づいてきた。

開かれた扉から弾丸のように、二人の子どもが飛び出してくる。リヤとシルネだ。

「にいさま、ねえさま、ここにいらっしゃいますか⁉」

「ねえさまだいじょうぶ？　おけがいたくない？」

「もうやだ、そんなに走ると怪我をするわよ、二人とも」

優しく微笑むと、フレイヤは飛び込んできた二人を抱きしめる。弟妹を前にしたフレイヤは、仕草から声音まで、慈《いつく》しみがにじみ出るものへと変わる。心から二人を愛しているのだと、見ていてこちらも幸せになるほどだ。

リヤが言う。

「おばさまがパイをやいてくれたんだ。ねえさまがすきなリンゴのパイ。いっしょにたべよう」

アッシュが咳払いする。

「二人とも。行儀が悪いぞ。まずは州議長代理に挨拶だろ。そもそも応接間に飛び込んでくるな」

「は、はい」

真面目《まじめ》に背筋を伸ばすのはリヤ。黙っているが反省した素振《そぶ》りのないシルネ。

州議長代理は立ち上がった。

「せっかく家族が集まったんだ、話は早く切り上げて屋敷に帰ろう。私も一緒に行くよ」

ユーリフェリス家一同は、執務室をぞろぞろと後にする。幸せな光景だった。

ふと、フレイヤは後ろにいた私を振り返って眉間に皺を寄せる。

「キサラ。一歩離れたところから微笑ましそうに笑ってんじゃないのよ。あんたも行くのよ」

「え、……いいの？」

「州議長代理夫人の招待なんだからね、いいの？　じゃないのよ、来なさいよ！」

ずんずんと先を行くフレイヤと、彼女にくっついていくリヤとシルネ。

「今日は賑《にぎ》やかな昼食になりそうだな」

「ええ」

アッシュの言葉に、私もにっこりと笑って答えた。

大変なことはいろいろあるとしても――今日は、美味しく楽しい時間を楽しもう。


叔父――州議長代理の屋敷での食事会は穏やかなものだった。

使用人は皆、どこか俺とフレイヤに気を遣った態度を取った。歓迎されていないわけではない。

首都の州議長邸は州議長とその家族が暮らす場所。元は俺たち兄妹に開かれた場所だった。相続については俺たち二人も納得した上のものだが、それでも使用人たちの複雑な心境は理解できる。

だからこそ近寄らないようにはしていたのだが。

今日はキサラもいるからか場が和み、久しぶりにただの親戚として時間を過ごすことができた。

昼食の時間を終え、団らんの時間を長くとった昼下がり。

俺はテラスで外の空気を吸うという体《てい》で一人になっていた。

しばらくすると州議長代理――叔父が、こちらへとやってきた。俺は振り返って笑う。

「アーネスト公爵令嬢はお気に召しましたでしょうか、叔父様?」

わざとらしい慇懃《いんぎん》な口調で尋ねるこちらに、叔父は苦笑する。

「まさかこんなに早くフレイヤの毒気を抜くとは思わなかったよ。それと、手紙が届いた」

叔父はジャケットの裏を探ると、さっと俺に手紙を渡す。王国を含む複数の国から送られてきた最新情報が記されていた。

王国内部で市民活動家派閥同士の分裂が起こり、複数国が平和的解決のために介入すると発表。大幅に特権が廃止されるものの貴族の身分は残ることになった。その決定に勿論、多くの市民活動家らは激高したが、一部の市民活動家は貴族制度存続を支持すると表明した。

——貴族全員が敵ではなかった。

彼らはそんな人々の声を集め、王国内の貴族制廃止の雰囲気を変えようとしている。キサラ・アーネストは見事、彼らによって祭り上げられようとしている。

俺はそれを仕向けた者たちを知っている。

クラーラ・ロンベルとヴィクトーだ。ヴィクトーは市民活動の終結を望み、エイゼリアに嫁いだクラーラはキサラに恩を返そうとしている。彼女の嫁ぎ先はエイゼリア有数の商家だ。商売という信念を持つ彼らの行動は、良心や正義なんてふわふわとしたものよりよっぽど信用できる。複数国の情報がおおよそ同じことを言っているので、間違いはない。

俺が手紙に目を通し終わったところで叔父は言う。

「恐れ入ったよ。おおむねお前の読み通りになっている」

俺は首を横に振る。

「キサラを連れてきたとき、信じてくれてありがとう」

「お前が本当に州議長を狙っていたら、デリア家の比ではなかったよ」

「それは絶対ないから」

俺は笑う。上手《うま》くやれてるのはあくまで、州議長代理の地位を脅かさない立場だからだ。混迷した州議会に議員として入る気も見せず、敬遠されがちな仕事ばかりを片付けて回っている俺は、良くも悪くも愛想の良い無害な元州議長子息として立ち位置を確立している。

少しでも権力欲をちらつかせてしまえば、立場は呆気なく瓦解《がかい》するだろう。

そもそも。ヴィルカスの国政が落ち着いた頃、皆が俺の過去——暗殺者などしていたような人間だと思い出せば、いずれ態度も一変する。英雄だ、子息だなんだと言われていても、どこで手のひらを返されるかわかったものではない——キサラの評価が反転したのと同じように。

叔父が声を落として尋ねる。

「……キサラ嬢には王国での動きは伝えているのか」

「いや、伝えていない」

「何故だ」

「キサラ・アーネストは信じないよ。まさか自分のために、次々と良い証言が集まっているなんて」

キサラは進んで己の名に『悪女』の誹《そし》りを着せてきた。

弱くて虐待され、耐えるしかなかった本当のキサラ・アーネストの人生を塗りつぶすように。

「彼女は『悪女』であることで、己の心を保ってきた。本当の彼女を見ている人がいたと半端《はんぱ》に聞かされても、彼女にとっては良くない。……証言はできるくらい自分の虐待を見てきた人たちが、これまでは王太子とアーネスト公爵家の権力の顔色を窺《うかが》って、誰もが自分を黙殺していたという証明でもあるから」

叔父は沈痛な表情で沈黙した。

「……正直、何を今更と思うよ。彼女は結局、誰かの打算で黙殺され、そして祭り上げられる」

「それが公爵令嬢に生まれた宿命だ。お前ならわかるだろう」

「理解できるのと、そういう扱いを当然と思えるかはまた別だな。……だから俺は州議長にはなれないんだ、絶対に」

「国を出る意志は固いようだな」

叔父は笑う。こちらの意図を受け止めてくれたようだった。

「最後に聞いておく。キサラ・アーネストはどうするつもりだ」

「俺は彼女の相棒でありたい。彼女が望み、俺を選んでくれるなら」

その後別々にテラスから室内に戻り、しばらく団らんの時間を過ごしたのちにお開きとなった。

屋敷を出る時、見送りのリヤとシルネが、ぎゅっと俺にしがみついた。

「にいさま、またあそんでほしい」

「……ぜったいよ」

「ああ。また明日も顔を見に来るよ」

寂しそうにする二人をそれぞれに抱きしめて、名残《なごり》を惜しみながら別れる。

馬車には、先に別れを済ませていたフレイヤとキサラが乗り込んでいた。

二人はまだ俺が来たことに気づいていない。窓の外を一緒に見ながら、何か親しげに話している。

初対面の暴力沙汰が嘘のように、二人は仲良くなっていた。

温かい気持ちのまま、俺は馬車に駆け寄ろうとした。

だが嫌な気配を感じて、足を止める。かすかだが確実な殺気を感じる。

そのまま、馬車の中の二人に声を張り上げた。

「俺はまだ少し用事がある。先に帰っていてくれ」

「もー！　しょうがないわね！　気を付けて帰って来てよね！」

フレイヤの言葉に手を振って別れを告げ、俺はすぐに馬車から離れる。

大通りを抜けて商店街や宿屋が並ぶ裏手の、人通りの少ない路地に入る。

突然、真後ろから声をかけられた。

「私はここよ、アッシュ」

「ビナリッダ」

振り返ると、彼女はすぐさま杖を突きつけてきた。

「それ以上近づかないで。穢れてしまうわ」

「穢れてる俺に魔術をかけようとしていただろ、今」

己の項《うなじ》に触れながら言うと、彼女はスッと笑みを消す。そして再びにたりと笑う。

「その研ぎ澄まされた勘は、さぞかし人殺しの役に立ったでしょうね？」

「畑を荒らす猪狩りにも役立ってきたけどな」

「減らず口を……」

「俺を穢れというなら、罪もない妹に手を出すのは罪じゃねえのか？」

ビナリッダは嘲笑《あざわら》うように顎をそびやかして笑う。

「証拠がある上で言っているのかしら？」

「あるといったら？」

怯《ひる》む様子も見せず、ビナリッダは目を眇めて笑う。

「あなたが出したとしても、誰も信じないわ。穢れている上に王国女を連れ込むような人の言葉など、誰が聞くものですか。表向きあなたにへつらっている人だって、腹ではどう思っているか」

「そうだな。腹の中はわからない。……お前の周りの人間も、本当にお前の味方だといいな？」

次の瞬間。彼女の魔術で手足は動かなくなる。

真顔になったビナリッダの杖の先端、魔石が輝いていた。

魔石と同じ紫に瞳を輝かせ、ビナリッダはこちらの襟をぐっと引っ張った。

「……っ……」

「不敬よ。あなたは嫡子ですらない禁忌の者。私はデリア家当主。立場が違うのよ。今は・・・もう」

「女神の力を私物化するお前はどうなんだ？」

彼女の瞳孔が開く。

さらにぐっと魔術で締め上げられ、うめき声が漏れそうになるのを堪える。

ビナリッダは、顔を近づけて言った。

「あなたが異端審問にかけられていないのは、クレスタ州議長代理の甥だからよ。……あの男が失脚した後が楽しみね。あなたが泣いて謝るまで審問してあげる」

「……お前はよっぽど、俺のことが嫌いみたいだな」

「ええ。大嫌いよ。私が振った男が、のうのうとしてへらへらと笑っていると虫唾《むしず》がはしるの」

むきになって返す彼女に、俺は鼻で笑ってやった。

「お前、悪女の才能ねぇよ」

「悪女、ですって……⁉」

次の瞬間、魔力がほとばしる。いよいよ手足が鬱血《うっけつ》してきた。骨の一本でも折られるか。そう、覚悟しかけたそのときだった。

ガラガラガラッ！

突然、思い切り大きな木箱が転がる激しい音が響いた。建物の裏に積んであった空の木箱が崩れたらしく、二人のいる裏路地を塞ぐように盛大に倒れていた。

なんだなんだと、人が集まってきた。

興が削《そ》がれたように、ビナリッダは俺を振り払う。

「……さよなら」

舌打ちだけを残し、彼女は足早に去っていく。集まった人々と一緒に俺も木箱を片付ける。

すると、しれっとその片付けの輪の中にキサラがいた。

目が合うと、キサラは心配そうに声を潜めて言った。

「大丈夫だった？」

「……あんただと思ったよ」

「嫌な予感がしてついてきてたの。そしたら絡まれてたみたいだったから、つい」

最後の木箱を上に重ね終わったところで、人々は解散していく。

その時キサラは俺の手首をみて、顔をさっと青ざめさせた。

「酷い痕が！」

「大丈夫だ、折れちゃいねえ。温泉で温めてりゃ治るさ。フレイヤは？」

「先に帰って貰ったわ」

「そうか」

キサラは悲しそうな顔をして、俺の手を取って手首を撫でてくれる。キサラの手は小さくて、手首も俺の半分ほどの太さもあるようには見えない。

もし暴力を振るわれていたのがキサラだったら、たやすく折れていただろう。

――そう思った瞬間。かっと、腹の底が煮えるような怒りが湧いてきた。

「アッシュ？」

次の瞬間、俺はキサラを抱きしめていた。

裏路地とはいえ外だ。それでも衝動的に抱きしめてしまっていた。細くて柔らかな体は、一瞬びくりと驚いた様子をみせたが、すぐに抵抗なくふにゃりと身を委《ゆだ》ねてくれた。

あまりに無防備に体を預けてくるキサラの態度に、体の奥が焦《こ》がれるように苦しくなる。

このままもっと、強く抱きしめていたい。

だめだ。激情の代わりに己の理性を奮い立たせ、俺は熱を帯びた溜息をつく。黒髪に指を絡め、しばらく深呼吸をしていると、ビナリッダへの暗い感情より、キサラが腕の中にいるという現実のほうが強くなっていく。

「……アッシュ。少し落ち着いた？」

「ああ」

腕の中でキサラが微笑んだ気配がした。キサラに甘えている自分を実感し、適《かな》わないなと思う。

キサラがいなければ、妹に危害を加えたビナリッダへの怒りが抑えられなかった。

冷静に、機会をうかがえ。それはキサラの名誉回復と同じだ。

「ありがとう」

「どういたしまして」

キサラが顔を上げて微笑んだ。

抱きしめられて息苦しかったのだろう、頬がわずかに紅潮していた。


夜明け前の早朝、私は卵をかごに入れて温泉まで向かっていた。朝食に添える温泉卵を作り、温泉の湯と一緒に持ち帰るためだ。

足を挫《くじ》いてまだ治らないフレイヤのため、遠くまで歩く仕事は私が行うようにしていたのだ。温泉の湯はフレイヤに足湯をしてもらうために汲んでくる。アッシュがやると言ってくれたけど、アッシュはアッシュで怪我をさせられていたし、少しでも休んで欲しい。

それにアッシュには、家にいる時はフレイヤとの時間を取って欲しかったし。

早く出てきたからか、温泉卵用の源泉にはまだ誰もいなかった。

卵を籠に入れて湯に沈めて砂時計をひっくり返し、私は岩に腰を下ろして時間を待った。

見上げると、空は藍《あい》色をしている。

切り立った岩の山から雲がゆっくりと流れていくのが見える。

耳をすませばカウベルの音が遠くに聞こえる。じっと静けさに耳を傾けていると、後ろから足音が近づいてきた。

「うまく手懐《てなず》けているようね。どんなことをしたの？」

「……ビナリッダ」

杖を片手に持ったビナリッダは、私の様子を見て微笑する。

私は彼女をまっすぐ見つめ、逆に問いかけた。

「アッシュとはもう婚約を破棄したのに、どうして執着しているの？」

「アッシュなんかに執着なんてしていないわ。私は秩序を守りたいだけ」

「秩序？」

「穢れた男が幸せそうにすると秩序が乱れるのよ。私に捨てられたのだから、落ちぶれるべきなの」

「あなたは私情でユーリフェリス家の皆さんに危害を加えていたのね」

「私情、ですって」

「私情じゃない。復讐に近いわ。アッシュを禁忌と言うのなら、あなたも同じ禁忌を破っているのではなくて」

次の瞬間、私は真水に突き落とされていた。温泉の真横にある湧き水の池だ。

「……っあ……っ！」

顔を上げようとするけれど、上げられない。

ものすごい力に頭を押さえ込まれ、溺れさせられる。

意識が飛びそうになったところで、急に体が楽になる。

呼吸を整えていると、前髪を掴まれる気配がする。気がつけば目の前にしゃがんだビナリッダの顔があった。

乱暴をしているのに、顔は恐ろしいまでに静かだった。そのギャップが恐ろしい。

「もう一度言ってみなさい、王国女」

私は彼女の目を見据え、はっきりと言った。

「……秩序を乱しているのはどちらかしら。私は州議長代理から呼ばれてヴィルカスを訪れ、ヴィルカスに滞在することを求められた。ユーリフェリス家の人々もそれに従って私を住まわせてくれているわ。私は自分が秩序を乱さないために、皆さんに受け入れてもらえるように計らった。……あなたはどんな理由で、私やユーリフェリス家の皆さんにちょっかいをかけているの？　どういう理由で、ジラガーツの人々の平和な暮らしを乱そうとしているの？」

「生意気ね。あなたは……わからないようなら教えてあげる。私が秩序。私がデリア家当主であり、私がこの保養地ジラガーツを任された」

「任されていないわよね。……もうすでにデリア家には通達されているはず」

彼女は目を見開き、そして唇を震わせる。

「あんなもの、勝手な言い分だわ」

「……認めるのね？　あなたは今、私情でジラガーツをうろつき、私に魔術で攻撃していると」

私は視線を外に向ける。

無人だった源泉には人が集まり始め、私を一方的に攻撃しているビナリッダの姿が、周りに晒される状態だった。

「……っ……」

彼女は最後に私の頬を叩くと、そのまま去っていった。

「……言い過ぎてしまったわね」

正論をぶつけても意味がないと、私は反省した。

それでも耐えられなかった。――懸命に自分たちの課せられたものを果たそうとしているユーリフェリス家の人たちに、危害を加える彼女が許せなかった。

私は服を直し、散らばった荷物を拾って、まだ呆然としている皆さんに頭を下げる。

「ごめんなさい。大切な場所を荒らしてしまって。何か不備があったら私がやりますので、その時は教えてください」

「……そんな……」

「か、風邪ひかないようにね……」

彼女たちはぎこちなく私を気遣う。まだ戸惑いの方が大きい様子だった。

帰ってくるとフレイヤが驚いた。

「あの女にやられたんでしょ⁉」

「……アッシュには言わないで」

「わかったわ」

そう言って私にタオルを渡すと、部屋からパタパタと出て行く。

階下から声が聞こえた。

「兄様‼　あの女がキサラをビシャビシャにしやがったの！」

「ちょ、ちょっとフレイヤ」

私は思わず腰を浮かす。すぐに階段を駆け上がる音が聞こえ、アッシュが部屋へとやってきた。

後ろから着替えを持ったフレイヤがついてくる。

「言わないでって言ったのに」

「誰が王国女の言うことなんて聞いてやるもんですか」

「……確かに」

それからフレイヤは服を魔術で乾かしてくれた。朝食をとりながら、私はことの顛末を説明した。

フレイヤは大笑いした。

「やったわ、あの女、どんな顔してたの？　ああ見たかったわ」

「きっと昼には噂になるだろうな。キサラは災難だったが、あいつがここを外されるには決定的な出来事になっただろうさ」

「……揉め事を起こしてごめんなさい」

「ふん。あんたはただ当たり前のことを言っただけ。それに暴力を振るったのはあの女の方よ。揉め事を起こしたのはあっちの側。だから気にする必要はないわ」

「……ありがとう……」

私はより一層強く決意した。こんなに優しいフレイヤのためにも、デリア家という憂《うれ》いを晴らしてヴィルカスを出られるようにしなければ。

今日は念のため、フレイヤのそばにいるように言われた。

アッシュを見送ったあたりでお手伝いさんがやってきて、いつもの一日が始まる。

私が家事と家畜の世話をしている間、フレイヤは作業部屋に入っていた。何をしているのかまだ聞いたことはない。

「あんた、お茶持ってきて」

そう言われたので今日は初めて作業部屋に入れてもらえた。

刺繍部屋だった。

「刺繍のあいだ口は暇なんだから、暇つぶし相手になりなさいよ」

フレイヤは耳を赤くしながら呟き、作業台の前に座った。

テーブルの上には作業途中の刺繍が置かれている。無地の反物《たんもの》の端に細かな刺繍がされている。

私は目を見張った。

「綺麗……これ、フレイヤが一人で?」

「前も言ってたわよね、あんた。ヴィルカスの女ならこれくらい基本よ。刺繍は自分たちの服にも施すし、外貨を得るための大切な手段だもの」

「王国の貴族でも、こんな細やかな刺繍のドレスは持っていないわ。見事ね……」

「あんた、首都で翻訳の仕事してるらしいじゃない」

「え、ええ」

「ならどんなふうに素晴らしいのか、しっかり見て覚えてよね。知ったかぶりで翻訳されたり売り文句つくられてもたまったもんじゃないから」

「……ありがとう」

フレイヤは彼女なりに私の仕事の応援をしてくれているのだ。私は嬉しくなる。

彼女は満更《まんざら》でもなさそうに微笑むと、糸を通した針を持つ。

ふと私は違和感を覚えて訊ねた。

「ねえフレイヤ。糸は真っ白だけど刺繍は鮮やかよ。全部糸を入れ直しているの？」

「あら、あなた魔術を知ってるんじゃなかったの？」

フレイヤは肩をすくめると、糸をピンと張って針を耳元に触れさせる。魔石が輝く。そのまま刺繍を始めると、布の上で白い糸が任意の色でステッチされていく。

「……魔術で、染めているの……？」

「ええ。染料がいらないし便利なのよ」

それからフレイヤは無言になる。私は見事な運針と、次々と色を変えていく刺繍に目を奪われた。

あっという間に時間が経つ。砂時計が落ち切ったところで、彼女は手を止めて肩を回した。

「たまに休まないと肩が凝るのよ」

私は拍手した。

「すごいわ……魔術の腕だけじゃなく、刺繍もすごいわ……」

そして私は彼女のピアスを見た。

「フレイヤもピアスをしているのね」

「そうよ。十三歳を超えたらするのが決まりよ。お祝いに大切な人に開けてもらうの」

「誰に開けてもらったの？　アッシュ？」

「……秘密」

フレイヤはなぜか、意味深に微笑んで耳を弄《いじ》る。彼女にしては珍しい態度だと思った。

それ以上話したくなさそうなので、私は違う質問をした。

「ピアスでやる魔術と、その……魔術師の資格をとってやる魔術は違うの？」

「ああ、そのことね。本当は外部には教えられないけど、あなたなら仕方ないから教えてあげる」

彼女は刺繍を指す。

「こういう魔術は生活魔術と言って、ある決められた範囲なら十三歳以上かつ州議会の承認を得たヴィルカス人なら誰でも使えるわ。けれどこれは魔術そのものを仕事にしないことが条件。かなり厳しく規定されているの」

「具体的には……？」

「そうね。魔術で起こした火で料理する料理人になるのは自由だけど、火を起こすことそのものを仕事にしてはいけないわ。刺繍でいうなら、糸に色を染める仕事をしたらアウト」

「なるほど……」

「魔術師というのは、魔術師の修行をして魔術師を生業にしていいと決められた人。国でおよそ百人。普通は家柄じゃなくて能力でなるんだけど——あの女は別。デリア家という神官の家柄だから、特別な魔術師なのよ」

「どう違うの？」

「魔術師は家柄ではなく実力で決まるわ。けれどデリアは家柄で魔術師になることが決まっているの。能力があってもなくても、古い決まりに則《のっと》って」

でも、とフレイヤは言葉を続ける。

「実力で魔術師になった人たちより正直、能力は低いのよ。だから年々権威は衰えているのだけど、プライドだけは高くてね。……だから能力があって、魔術師になる資格は持っている兄様を婿にして、二重の意味で権威を保とうとしていたのだけど……ううん、もうやめやめ。あの女のことなんて考えてたら、刺繍が歪んじゃう」

頭をぶんぶんと振るフレイヤに、私はふふっと笑う。

「ありがとう、教えてくれて」

その後私はフレイヤの愚痴《ぐち》やいろんな世間話を聞きながら、刺繍部屋の掃除をしたり在庫を木箱に入れる作業を行った。

ふと、フレイヤに尋ねてみた。

「ねえ、フレイヤ。……魔術って、ヴィルカスの血を継いでいるのなら誰でも使えるの？」

「そうよ。だから逆に言えば、あんたみたいな王国人はどう頑張っても無理なの」

「そう……」

私はふと、思いを馳せる。

遠くヴィルカスの血を引いていたことで、私は『女神の右目』を使うことができた。魔道具も扱える。――私も頑張れば多少は、魔術が使えるのかしら。

穴を開けていない耳朶《みみたぶ》に触れて想像する。

その時、外で大きな鐘の音が鳴る。時刻を示す鐘だ。

フレイヤがうーんと背筋を伸ばす。

「そろそろお昼の準備をしなくちゃね。いくわよ、キサラ」

「ええ」

私たちは立ち上がる。ふと、フレイヤのシニヨンがほつれているのに気づいた。

朝急いで髪をまとめたからなのだろう。

「フレイヤ、髪が乱れているわ」

「ああ。今日なかなか三つ編みがうまくいかなくって。やっぱり昼まで持たなかったわね」

私はその綺麗な髪を見て、何気ない親切心で声をかけた。

「よかったら私が編みましょうか？　自分で編むのって大変でしょう？」

「えっ⁉」

彼女は弾かれるように髪を押さえる。

「は、はしたないこと言わないでよ‼　どうしたの⁉」

「えっ……⁉」

おかしなことを言ってしまったらしい。私がおろおろとすると、フレイヤは髪を押さえたまま真っ赤になって首を振る。

「はしたないわ、他人に髪を触らせるなんて。髪は親族同士でしか触れないものだし、他人だとしても結婚相手くらいよ」

「……そうなの？」

「王国では違うの⁉」

「ええ。……髪くらいは……仲が良かったら……」

「信じられないわ。良かった、キサラが他人にやる前に教えることができて……」

フレイヤは大仰《おおぎょう》にため息をついて首を振った。

「髪を触るなんて同性でもいやらしいことよ。いいこと？　覚えていなさい」

「わ、わかったわ。……子どもの頭を撫でるのもダメ？」

「親以外はよろしくないわ。背中や肩や頬にしなさい」

「わかったわ」

私はこくこくと頷く。

「まったくもう……」

フレイヤはぷりぷりと怒りながら、作業部屋を出る。

すると珍しく昼に帰ってきたアッシュと鉢合わせになった。

アッシュはフレイヤの様子に眉をあげた。

「どうした、何かあったのか」

「兄様おかえりなさい！　聞いてよ、キサラが髪を整えたいって言ってきたのよ」

アッシュの表情が、さっと固まったのを感じた。

フレイヤはそのまま続ける。

「だから、どれだけはしたないこと言ってきたのか教えてあげたのよ。もう、髪の毛触るなんて破《は》廉恥《れんち》にも程があるわ。そうでしょ兄様、言ってあげてよ！」

アッシュが固まったままの表情で、小さく「そうだな……」と呟いた。

――アッシュに聞かなければならないことが、また増えたようだ。


アッシュと二人きりになれる場所は限られている。

昼食後、アッシュは私を武器庫に誘った。

狭い硝煙の匂いが漂う空間の扉が閉じられたところで、私は顔を覆った。

「あの……ごめんなさい、私知らなくて……その……」

謝罪するのは当然――髪のことだ。

私はこれまでまったく何も知らないまま、アッシュの髪を触り倒していた。三つ編みの練習をさせてもらったことは数え切れないし、綺麗な銀髪は撫でていると落ち着くので、つい手を伸ばして触れてしまうのだ。

「絶対しない。二度としない。本当にごめんなさい」

「あー……いいよ。そんなに謝るなよ。その……知らなかったんだし、教えなかったのは俺だ。だからその」

「本当にごめんなさい、髪を触るのがそんなにはしたないことだって……」

アッシュは頭をがしがしとかいてそっぽを向く。

「それを言い出すと、何も知らないあんたに触らせてた俺は最低だから……」

「ううん、私は全然平気よ！　むしろ、アッシュの髪触るの好きだから触らせてくれて嬉しかったもの」

「……あのさ」

「何？」

「色々バレた上でそれを言われると、……反応に困る」

「困るって？」

「だから」

アッシュが少し身を屈《かが》め、手を伸ばす。私の頬にかかる髪に触れ、耳にかけるように撫でる。

「……俺はそういう意味で、あんたに触らせてたし、触ってたから」

低く囁くような声音に、どきりとする。

「何で見合いの前に、あんたに髪を整えさせたか今ならわかるだろ？　既にそういう相手がいるって暗に示す意味があったんだ。普段と違う編み方で行けばすぐにばれる。だからあの後すぐ、見合い相手はあんたを見に来ただろ？」

「そう…いえば……」

髪を弄《もてあそ》ぶように耳元で触れられて、熱っぽく見つめられて、私はどこに視線を向ければいいかわからなくなる。

「どうしたの？　アッシュなんだか、その……様子が、変よ」

「変じゃねえよ。ずっとごまかしてただけだ」

「あ、あの……」

たじたじとなりながら私は気づく。アッシュはいつもある程度のところで、自分のほうから距離を取ってくれていた。はしたないからと、離れてくれていた。

今日はそれがないのだ。アッシュはいつになく私に近い。

いつもくっついていくのは私のほうだったから。迫られるとどんな気持ちになるのかなんて、知らなかった。

「あ、アッシュ……」

その時、にわかに外が騒々しくなる。

「アッシュにいさま！　ここにいるの？」

「ねえねえ、おひるだよ！」

リヤとシルネだ。するとアッシュは波が引くようにいつもの態度へと切り替わり、兄めいた声音で扉の向こうへ声をかけた。

「教えてくれてありがとう、すぐ出るよ」

「はーい」

アッシュが武器庫の扉を開く。外が眩しい。

「出るぞ」

「え、ええ……」

私を見て、アッシュが少ししてやったりという顔で笑う。

私もふらふらと外に出た。

フレイヤが私を怪訝な顔で見上げた。

「どうしたのキサラ。今更熱でも出たの？　真っ赤よ？」

「……真っ赤、かしら」

私は頬を押さえる。気づかなかった。

きっと狭い場所にずっといたから火照《ほて》ったのだと思う。

そうとしか、理由が思いつかなかった。

――シルネとリヤが来なかったら、アッシュは私に、何を言おうとしていたのだろう。

聞くのが怖いような、聞いてみたいような――今まで知らない、ふわふわとした不思議な感覚がした。

第四章　関係の変化

それから数日後の、風の穏やかな晴れた日。

ようやく、アッシュの故郷、ローインズ集落へと向かえるようになった。

雪が解け、瓦礫で塞がれた街道の片付けが進み始めたのだという。

夜明けと同時に私はアッシュの乗る馬に同乗し、ジラガーツを出た。

「片道一回ずつ小屋に泊まる。二泊三日ってところだ」

アッシュはしっかりと防寒を整え、馬に乗った私を抱くようにしながらそう言った。

緊張で黙した私に、アッシュが声をかける。

「どうした？」

アッシュの吐息が耳に触れ、私は妙な意識をしてしまう。

「なんでもないわ」

アッシュは平然と腕に私を納めていた。私ばかりが気にしてそわそわとしているようだ。

こんな風に思うことはなかったのに。武器庫の一件から私は何かがおかしい。

それ以降、私たちは馬上の風に口を噤《つぐ》む。

湖畔の道を進み、整然とした牧草地帯を抜け、どんどん人里から離れていく。

空の広さや山の大きさや風の強さが目立つようになる。

誰もいないのかと思いきや、意外と馬車や馬と行き違う。途中立ち寄った休憩所の近くには、小規模ながらも集落があった。

言葉をかわす人は皆、アッシュの顔を知っているようだった。

不思議な景色だった。森の木々の形も岩の形もイムリシア王国とはまるで違う。

初めての景色に、私はいつしか不思議な気持ちになっていた。

このまま、どこまでもいけそうだった。

不意に、アッシュの言葉を思い出す。

——俺はそういう意味で、あんたに触れてたから。

そういう意味って、どういう意味だろう。

意味を考えようとするたびに思考がぴたりと止まって、先にそれ以上進めない。

考えるのが怖かった。アッシュが私をどう思っているのか知るのが怖い。

相棒《パートナー》としてずっと一緒にいると思っていた。

アッシュは次々と持ち込まれる見合い話を断り続けている。

私に髪を編ませて、それを見せつけて。髪を編ませるというのは——はしたないこと、で。

はしたないこと、の示す意味を考えようとして、頭がやっぱりぐちゃぐちゃになる。

顔を覆うと、アッシュが頭の上から問いかけてきた。

「どうした、目にゴミでも入ったか」

「……何でも、ないわ」

私はアッシュの胸に背を預け、そっと目を閉じる。

視界を遮断するとアッシュの息遣いがよりいっそう強く感じられた。

胸が上下する、呼吸の気配に胸が痛くなる。

アッシュといるとそわそわと落ち着かないのに、同時に居心地が良いなんて。本当に、不思議な感覚だ。

私はアッシュに婚約者ができても、関係は変わらないと思っていた。

けれどもし新しい婚約者ができて、私のような存在が近くにいるのは、よくないに決まっている。

アッシュは婚約者を他に作る気がない。何故なのか。

私が相棒《パートナー》だから、遠慮して婚約者を作らないのだろうか。ならば私はただの邪魔者だ。けれどアッシュは私と一緒にいたいと言ってくれている。私と一緒にいてくれるのはまごうことなきアッシュの意思だ。

けれど。どんなに親しくなったとしても、私は故郷の仇《かたき》だ。

そんな私をずっと相棒《パートナー》としていたいと言ってくれるアッシュの気持ちがわからない。

考えるうちに私は気づいてしまった。アッシュが実際のところ、どういう意図をもって「一緒にいたい」と言ってくれているのか、全くわかっていないことに。

――アッシュは、どうして私と一緒にいたいと言ってくれるの？

――どうして、お見合いで婚約を断り続けているの？

聞けない。怖い。なぜか、アッシュの気持ちを推し量ろうとすると思考が停止する。

ただただ、胸が締め付けられるように苦しくなる。

ふいに、風の冷たさを感じ始めた。

思考から抜け出し、景色へと目を向ける。目前に先の尖《とが》った木々の形成する森が迫って来ていた。

私が頭を上げたのに気付いたアッシュが、風にかき消されないように、身を寄せて私に囁《ささや》く。

「森の道を抜ける。その先に今夜泊まる小屋がある」

「わかったわ」

余計な動揺がアッシュにも馬にも悟られないようにしながら、私はアッシュに頷いた。

こんな調子で、夜を乗り切れるのだろうか。


夕方に着いた小屋は木製のもので、中は狭く必要最低限の部屋数だけになっていた。ベッドは暖炉の上の高い位置にあり、煙突はない。温められた室温を少しでも逃がさないようにする仕組みだろう。天井は黒ずんでいたけれど、部屋の中そのものは小綺麗にされていた。

アッシュと私は手分けして宿泊する準備をする。こういうときの分担や作業は慣れたものだった。

アッシュが魔術で部屋と暖炉に明かりを灯《とも》すと、初めての部屋でもホッと気持ちが落ち着く。

全てを整えたのち、私たちは暖炉のそばのソファに並んで腰を下ろす。効率的に暖を取るには、離れて座るのはもったいない。

携帯食で食事を済ませたところで、私はふいに先ほど頭の中に浮かんだことを思い出す。

――アッシュの気持ちが知りたい。私と一緒にいたいと言ってくれる、その真意を。

「あ……」

「おい、どうした?」

黙り込んだ私に、アッシュは気遣うように声をかける。

「……そうか、集落に行くから緊張してんだな」

アッシュは私に手を伸ばして頭をくしゃりと撫でてくれた。

髪に触れる意味を思い出し、私はびくりとしてしまう。

気づいたアッシュは反射的に手を除《の》けた。

「悪い、つい癖で」

「い、嫌じゃないわ。撫でられるのは好きよ。びっくりしただけ」

私が視線をそむけて口ごもると、アッシュが珍しく声を上げて笑う。

「あんたらしくねえな。いつも俺が困るくらい懐いてくるくせに」

「な、何も知らなかったからよ！」

私が訴えるとアッシュはますますおかしそうにする。

「教えなかったからな、俺が」

「も、もう！」

さらにくしゃくしゃと髪を撫でてきたので、私はむきになって立ち上がる。

そしてアッシュに手を伸ばし、ふわふわの銀髪を両手でくしゃくしゃと撫で回した。

「っちょ、ぐちゃぐちゃになるだろ」

「ふふ、編み直してあげるからいいでしょ？」

そうやってひとしきり戯《たわむ》れあっていたところで、ふいにアッシュと目が合う。

視線の熱量に、手が止まる。体温が届く至近距離にいることを、突然おかしなくらい意識する。

「……あ……」

この距離で戯れ合うことなんて、今までだってたくさんあったのに。なぜか、私はアッシュの綺麗な瞳から目が逸らせない。

アッシュの手が、私の頬を滑る。引き寄せられる。逆らえない。

「……アッシュ？」

視界が全部アッシュの瞳の色でいっぱいになったところで――。

――オオオオン……！

「な、何⁉」

私はギョッとして辺りを見回す。

「狼《おおかみ》だな」

アッシュが冷めた声で呟く。

獣の咆哮《ほうこう》によって、先ほどまでの吸い込まれるような雰囲気は霧散していた。

「お、狼……⁈」

アッシュは乱れた髪を手櫛で整えながら言う。

「大丈夫だ、この距離なら。……今の時期、無理にここに来ることはないだろ」

「この前みたいに、ビナリッダが魔力酔いさせた獣……なんかじゃないわよね？」

「声の響きが違う。それに魔力酔いさせた獣なら、集落の外だから俺が正々堂々と撃退できる。あのときは許可を取ってなかったが、今は許可を取ってるからむしろ望むところだ」

「そ、それならよかった……」

私ははっと、先ほどの空気感と距離の近さを思い出す。気まずさを覚えたのはアッシュも同じだったようで、彼は咳払いして立ち上がる。私も背を向けて、髪を何度も整える。

互いに、一瞬漂った空気を誤魔化《ごまか》そうとしていた。

「……気になるから少し外を見てくる。あんたはここにいてくれ」

「わかったわ。鍋の片付け、してるわね」

「頼む」

この調子で眠れるのか心配なくらい、心臓が跳ねてしかたない。

けれど疲れのおかげか、緊張したままベッドに潜り込んで、すぐに私たちは朝まで眠りに落ちた。


──ついに、明日はアッシュの故郷へ足を踏み入れる。

浮かれているような状況でもないのだから。


早朝から再び馬を走らせ、森の中の一本道を二人で向かう。

昨晩の浮《うわ》ついた感情はすっかり冷めていた。

アッシュも無言で馬を走らせる──彼にとっても、久しぶりの故郷だ。

森の匂いが変わってきた。空気が変わってくる。

──灰と炭の匂いだ。

薙ぎ倒された木々。消し炭になった木。人為的に燃やされた気配にぞくっとする。道の土に灰が混じる。撤去が追い付かない倒れたままの大木。無残に散らされた何かの燃え滓《かす》。

私たちが乗る馬の体も、空気の不穏さに体をこわばらせていく。私は馬の立て髪を撫でた。

想像はしていたけれど——現実を突きつけられると体が震えてくる。

アッシュの息遣いが変わっているのに気付いた。手綱《たづな》を握る手が強張っている。

我に返った。私が恐れている場合じゃない。ここはアッシュの故郷なのだから。

私は手綱を握ったアッシュの腕に手を添える。

キサラ・アーネストである私がそばにいても、彼にとって何の支えにもならないかもしれない。

アッシュは振り払わなかった。

永遠にも感じられる道を抜け、突如、目の前がさっと開ける。

白い紙にインクを散らして描かれたような色彩を欠いた世界。

一瞬遅れて、私はそれが雪と灰燼《かいじん》となった村落の跡なのだと知覚した。

ローインズ集落の惨状は壮絶だった。人々の営みが燃やされたという現実をまざまざと突き付けてくる。

あとで片付けられたのだろう、村を貫《つらぬ》く道だけは不自然なほど綺麗に片付けられていた。

「……ここが俺の故郷だ。ようこそ」

静かに呟くと、アッシュが馬を降りる。

彼の横顔に表情はなかった。私も彼に続いて二人で道を歩く。

無自覚に襟元をギュッと握り込んでいた。王都の暴動も経験したけれど、ここまでひどい破壊を見るのは、初めてだった。

——これが、私の父親が指揮をした結果だ。

私はもうすでに処刑された父を思う。醜い女装をして、最後まで見苦しく抵抗し、罪を認めずに死んだ父。それでも私の体に半分流れるのは、あの血なのだ。体が急に穢らわしくなってきた。悍《おぞ》ましい。頭の中が真っ黒くなって、胸が苦しい。

「キサラ」

アッシュの声が頭上から聞こえる。私はしゃがみ込んでいたらしい。息がうまくできない。頭がくらくらする。焦《あせ》れば焦るほど、息ができない。

私に上を向かせて、アッシュは目を見て言った。

「キサラ、俺の名を言え」

「……アッシュ……」

「そうだ」

静かに、背中を撫でながら、アッシュは言う。

「落ち着け。ゆっくりでいいから、数を数えろ」

数を数えると、次は国名、知っている単語、あいさつの言葉、とにかく簡単な言葉を私に復唱させた。落ち着いてくる。最後に深呼吸一つして、私はアッシュの手を取った。

「……ありがとう。あなたの方が辛いのに、迷惑をかけたわね」

「いや、ある意味俺も助かったよ。人の世話をすると冷静になる」

アッシュに手を取られ立ち上がる。

言葉の通り、アッシュは来たときよりも少し穏やかな顔になっていた。

手を繋いだまま、私はアッシュに連れられ歩いていく。まるで祈りのように黙って歩く私たちに、男性の大きな声がかけられた。

「子息！　お疲れ様です！」

片付け作業中の男性たちだ。彼らに怪訝な顔をさせてしまう前に、私は深く頭を下げた。

彼らの顔がさっと曇る。アッシュへ批難するような目を向ける人もいた。なぜ王国女をここに連れてきたのだろう、と言いたい様子だった。

アッシュがよく通る声を張り上げた。

「追悼の祈りを捧げに来た。邪魔はしない、終わったらすぐに出て行く」

快い顔をした人も、不満げな顔をした人も、それぞれ私たちを放っておいてくれた。

アッシュが歩きながら言った。

「泊まり込みで作業をしている連中だ。毎日ここに向き合っている分、思いも強い。許してくれ」

「許すも何も……当然の反応だわ」

そして村の一番奥にたどり着くと、石で作られた女神像があった。

無残にも首が折られ、頭部は足元に置いてある。伏せ気味に彫られた両目の洞を覗く。

きっと見上げる人々を見下ろすためにこんな作りになっていたんだろう。

両手を緩く開き、目の前に立つものを受け止めるような優しい立ち姿だった。だからこそ、残酷な破壊を受けているのが余計に痛ましい。

アッシュが跪く隣で、私もそれに倣《なら》った。

祈りの手を組むのに合わせて私も同じようにして、首《こうべ》を垂れる。

あの日私に語りかけてくれた女神を思う。

姿が見えていたなら、きっと彼女はこんな姿をしていたのだろう。

私は目を閉じた。


——父や母国の蛮行への謝罪にきました。

——娘として止められなくてごめんなさい。

——あなたの守る大切な集落の人々に酷いことをしたにもかかわらず、私とアッシュを引き合わせてくれて、ありがとうございます。


私はそっとアッシュの横顔を見た。

アッシュは目を閉じ、首を垂れていた。長いおさげ髪の尻尾が地に落ちている。

私と彼が引き合わされたのは、女神様の思し召しだ。

女神様はなぜ、私を助けてくれたのだろう。

私は女神像を見つめる。彼女はきっともう私に教えてはくれないだろう。

自分で、この運命がどんな意味を持つのか——生きて見つけていかなければならないと思う。

私は生きることを望んで、女神様にチャンスをもらった。

そしてアッシュに生かされた。

父の代わりの贖罪と自分の恩返し、その両方を果たさなければ。


——どうか私に力をください。

――あなたの大切なアッシュを守り、ヴィルカスに平穏をもたらすための力を……。


願った瞬間。不意になぜか胸が温かくなった。

感情で胸のうちに起こる変化とは違う、物理的なぬくもりがそっと触れたような感覚だ。

犬用のペンダントを首から提げたときとよく似ている。

厚着した襟元を引っ張り、胸をのぞき込む。

鎖骨の間くらいから指四本ほど下の辺りに、今も消えない小さな傷がある。あたたかくなったのはその辺りだ。私は寒さに身震いし、すぐに襟を閉じる。この傷ができたのは、いつだったか――。

そのとき、隣からアッシュに声をかけられた。


「行こうか」

「……ええ」

アッシュに促されるままに立ち上がり、女神像の前を後にする。

先を行く彼を見ていると、手が強張っていることに気づいた。

――平然としていても気丈に振る舞っているのだ、彼は。

気づいた瞬間。たまらず私は彼の手を握る。

アッシュは少し固まったものの、立ち止まって振り返る。そして私の手を握り返してくれた。

「ありがとう」

ぎりぎりで保っていたのだろう。

アッシュの顔がたちまち歪んでいく。

「……少し、いいか」

「ええ」

私はアッシュの背を撫でる。少し身をかがめ、アッシュは私の肩に額を寄せた。アッシュの背は震えていた。頬が触れ合う。ぐっと、奥歯を噛みしめている気配がする。こみ上げるものを堪えているのだろう、銀髪から覗く耳が赤くなっていた。

「……一人になる？」

「いい。キサラがいてくれたほうがいい」

アッシュは、空いている片手で私の頬を撫でる。冷えた指先が耳を掠《かす》め、髪を梳《す》くように頭を撫でた。指先も、頬も、冷たい。私は背中を撫で続け、目を閉じた。

曇天を見上げて思う。

集落を燃やした男の娘が、燃やされた人の悲しみを慰めるなんておかしな話だ、と。

女神様の前で、罪深い私が愛し子のアッシュを慰めるなんて、なんて酷い話だろう。

――それでも。アッシュが弱い顔を見せられる、相棒《パートナー》でいられてよかったと思ってしまう。私はとても、浅ましい。

「……ありがとう。落ち着いた。もう大丈夫だ」

体がふっと軽くなる。

身を起こしたアッシュは、すっきりとした笑顔を作れるようになっていた。そして私を見下ろして、安心させるように髪をくしゃりと撫でる。

「そんな顔させて悪かったな」

「だって……」

「あんたが隣にいてくれる限り、俺は大丈夫だから。……さ、ここから離れよう。いつまでもくつろいでちゃ、他の参拝が来たら面倒だ」

女神像から離れ、アッシュは気持ちを切り替えるように伸びをした。

「せっかく来たから掃除をして帰ろうか。俺の家の方は、まだ掃除の手が回ってないから」

「私もやるわ」

「ああ」

握り拳を作って同意する私に、アッシュは微笑む。からりと晴れたような笑顔だった。

私もにっこりと微笑む。笑っていれば自然と気持ちも切り替わる。

どうしようもないことをウジウジ悩んで立ち止まるより、手を動かせることから始めなくちゃ。

案内されたアッシュの家はやはりぼろぼろで、見ていると奮い立たせた気持ちもずたずたになってしまいそうだった。けれど心を無にして作業に努めた。感情を揺らす場面ではない。

一番辛いのはアッシュなのだから。

作業用の手袋は持ってきていたので、早速腕まくりをして、アッシュと共に瓦礫を少しずつ動かしていく。

無言で作業をしていると、アッシュも落ち着いていられるらしい。

お互い、黙々と体を動かした。


——しばらくして、少し太陽の色が陰ってきた。

アッシュは手を止めるように私に言い、作業を終わらせにかかった。

「今日はこんなもんか……」

元々の家が広かったので、できたのは庭の一部だけだ。

家に向かって辞儀をして、汗を拭い、脱いでいた上着を抱えながら離れる。

歩きながら、私は気になっていることを尋ねた。

「ねえ、アッシュ。……やっぱり、男性の手は足りないのよね」

アッシュが答える。

「そうだな。侵攻で命を落とした者も多いし、残った連中は復興のために倍以上働かなくちゃいけない。うちの国は女も労働力だからまだ助かっているが、復興に関する力仕事はどうしたって男手の数がものをいう。ここの片付けも夏季に手が空いた連中だけでやってるが、まだまだだな」

「魔術で、簡単に片付ける……なんてことはできないのよね」

「そう。生活魔術では燃やせるものを燃やしたり、風で限定的な範囲を掃き清めるのが精一杯で、それ以上は申請が必要だ。だが追悼の気持ちを持って行うべきことは、魔術で手抜きするのはよくない。それがこの国の伝統だ」

「伝統……」

私は家を振り返った。

作業が遅れて新しい生活をなかなか始められないとしても、伝統では魔術師は手を貸せないし、作業する人々も魔術を使えないのだ。魔術が使えれば女性も力仕事ができるし作業は捗るだろうに、こうして男性陣が手作業でやるほかはないなんて。

「決まり事って大変なのね……」

「魔術師協会は一応、今回の復興に関しては魔術師による援助も検討してくれている。さすがに被害の規模が大きすぎるからな。だが、関係者の一部が大反対をしていてな。『穢れを出したローインズ集落の復興を名目に、また禁忌を破るのか』と」

「……もしかして、それって」

「ああ、そのもしかしてで合ってる」

私たちが歩く先に、嫌な人影を見つけた。

先ほど挨拶した人々とは違う団体。長いマントに緑の刺繍をした一団だった。

「……噂をすればデリアの魔術師だ。神官として祈りを捧げに来たんだ」

アッシュが自然と私を背に隠す。

彼らは目ざとくアッシュを見つけると、さっと嫌悪を顔に滲ませた。

「穢れたお前がここにいていいと思っているのか」

「家の片付けに来ただけだ」

「王国女をつれて、どういう了見だ」

「彼女は祈りに来てくれた。……復興の手伝いは感謝するが、俺たちは今日、州議長代理の許可を得て来ている。互いの家のためにも穏便な祈りの日にさせて欲しい」

州議長代理が出した許可は、当然、一介のデリアの魔術師が否定できるものではない。

アッシュが落ち着いた態度で返してきたからだろう、相手は一層しつこく文句をつけてきた。

「本当に州議長代理が許可したことか？　信じられぬな。お前が前州議長の子息である立場を利用し、余所者を使って余計なことを――」

「あなた、見苦しいわよ」

そこに響く凛《りん》とした声。アッシュにいきり立っていた魔術師たちは突如うろたえた様子で、さっと後ろからくる誰かに道を開ける。

雪を踏みしめながら、にこやかにやってきたのはビナリッダだ。

ビナリッダは杖を魔術師たちへと向ける。彼らは膝を折り首《こうべ》を垂れた。

「も、申し訳ありません……」

「余計なことをしてはいけないわ。このユーリフェリス家の者は、こちらが余計なことをすればすぐ大袈裟に騒ぎ立てるのだから。……ああ、挨拶が遅れたわね」

彼女は彼らに術をかけたまま、アッシュを見て慇懃無礼なほど丁寧な辞儀をする。

「うちの者が噛み付いて失礼したわね」

「来ていたのか」

「ええ。だって婚約解消したとしても、この村に対する哀悼の気持ちは変わりないから」

彼女は妙に何かを含んだような言い方をしてアッシュを見て微笑んだ。

口元は笑みを浮かべているものの、目は鋭かった。そして彼女は、私を見て微笑む。

「あら……あなたも気をつけていてね。ここには王国に恨みを持つ人間しかいない。女神の呪いに縊《くび》り殺されることがないように、気をつけてね？」

「……ご忠告ありがとう」

「ふふ。あなたはアッシュにお似合いの目をしているわ。人殺しの目ね」

そう言い残すとビナリッダはその場を後にした。

当主が介入したことで、残されたデリアの魔術師たちは、興がすっかり削がれてしまった様子だった。彼らはぶつぶつと文句を言いながら作業へと戻っていった。

アッシュは固く手を握りしめていた。

しばらくして私に気づくと、ふっと顔を緩ませた。

「悪いな、巻き込んじまって」

「いいえ、私はいいのだけど……」

——あなたこそ大丈夫なの？

私は言葉を飲み込んだ。

言ってしまうとアッシュの矜持《きょうじ》を傷つけてしまいそうで、言えなかった。


その後、私たちは馬に乗って集落を出た。

ビナリッダのいう通り、おとなしく退散した方が良さそうだとアッシュが判断したのだ。

無言のアッシュの胸に抱かれて馬に揺られながら、私はさきほどの出来事を悲しく思う。

アッシュにとっては故郷であるはずなのに、なぜ彼まで、線を引いた外側に置かれなければならないのか。

日が暮れたころ、往路で使った例の小屋に辿り着いた。

今回も私たち以外の宿泊者はいないらしい。アッシュは言葉少なに暖炉に火を灯し、コートについた煤を払う。照らされた横顔は綺麗なのに、無性に切なくなった。

アッシュに小屋の中の支度を任せる間に、私は馬小屋に行って馬に食事を与え、その足で外まで雪を取りに行く。綺麗なところの雪を溶かして、固形スープを入れて飲むと体が温かくなるからだ。

ありがたいことに風は止《や》んでいて、外気は刺すように冷たいけれど、星がとても綺麗だ。

真っ暗な森の道を照らすように、眩《まばゆ》い星がこちらを見下ろしている。

星を見上げながら、何か違う話でもした方がいいかなと、私は考える。

扉を開き、アッシュがこちらに声をかけた。

「風邪ひくぞ」

「あ……今行くわ」

小屋の中は温かかった。私はコートを脱いでかけながら明るく言う。

「星が綺麗で、つい見惚れちゃってたの」

アッシュは口元だけで笑って見せた。

それから二人で前回と同じように、暖炉のソファに並んで座り、スープが温まるのを待つ。

お腹がすいた私たちは、アッシュの灯す魔術の火でバゲットに焦げ目をつけてバターで美味しく食べた。アッシュは貯蔵庫の隅で葡萄《ぶどう》のジュースを見つけたといい、少し注いでくれた。甘味より酸味の強い、不思議な味のするジュースだった。

ふと、王国にいた頃、アッシュと食べたパンを思い出す。

焼いたベーコンと卵を載せて、塩と胡椒をかけて。あれは美味しかった。

「……王国でもこうして夕飯を食べてたな」

私はアッシュの顔を見た。アッシュの表情は和らいでいた。

「偶然ね。私も同じこと思い出してたわ」

笑う。そしてザリザリと音を立てて食べた後、言った。

「でも今夜の食事も美味しいわ。アッシュが炎を出すの、とても綺麗だし」

「しばらくは使えなかったんだ。炎の魔術は」

アッシュの言葉にどきりとする。指先を見つめ、アッシュは穏やかに続けた。

「表裏一体。便利でありながら厄災にもなる。知ったつもりで知らなかった。……『女神の右目』と同じだ。魔術師にしか高等魔術が扱えないのは当然のことだな」

私の視線にアッシュは目を見張り、眉を下げた。

「おい、あんたがそんな顔するなよ」

「私、どんな顔をしてるの？」

「ずいぶん悲しそうな顔をしてる」

「ごめんなさい」

私は気を遣わせる側ではないのに。私は首を横に振った。

「私、無力で悔しいのよ。……もっと、アッシュの力になりたいの」

私はカップの中を見つめながら呟く。

「あなたに助けられて、今私はこうしているわ。ユーリフェリス家のみなさんや、優しくしてくださるみなさんのおかげで、ヴィルカスに滞在できている……私は恩返しがしたい。父のせいで苦しい思いを強いられている皆さんに、私はもっとお返ししたい……歯がゆくて、悔しくて……もっと強くなりたいなって思っちゃうの」

「キサラ……」

「頑張るわね、私。ユーリフェリス家の皆さんがうまくいくように、幸せに暮らせるようにできることをやるわ」

私は酸っぱいジュースを飲み干す。

変な味の飲み物で、気持ちを落ち着かせたかった。

「まず言いたいのは……そうだな。気持ちは嬉しいよ、ありがとう」

アッシュは私を見て、優しく言い聞かせるように言った。

「でもそう気負わなくても、あんたには助けられてんだぜ？　少なくとも、俺は。……昼間、落ち着いてやり過ごせたのは、あんたがいてくれたからだ」

「そう……？」

「ああ。あんたが俺といる時は『キサラ・アーネスト』じゃないように、俺も子息だの、穢れた復讐者だの、そういうのから離れることができる。……ありがたいよ」

言葉を切り、アッシュは肩をすくめてみせた。

アッシュの態度に釣られるように、私は微笑む。

そしてジュースにまた口をつけた。

「アッシュ、好きよ」

アッシュは目を白黒とさせる。

「……あんまりはっきり言うなよ、変に期待しそうになるだろ」

暖炉の火が反射しているのか、アッシュの頬は赤い。

誤魔化すようにそっぽをむくアッシュ。その態度もまた愛しいと思えて、私は気持ちのままに言葉を紡いだ。

「好きよ」

「だぁから、わかってんのか……？　今夜は二人きりなんだぞ……」

アッシュは少し乱暴に足を組み直すと、私の方に身を乗り出す。

跳ねるおさげ、長い手足、座り方に一挙手一投足が綺麗だと思う。見惚れていると、アッシュが怪訝な顔をした。

「……あんた、どうした？」

「何もしてないわよ？」

アッシュが伸ばしてきた手を取り、私は頬に添える。アッシュがびく、とたじろいだ気がした。

その表情も綺麗で、私は微笑む。

「アッシュの手、私好きよ。大きくて、厚くて、あたたかくて」

「……離せよ、あんたなんかおかしいぞ」

ソファでずりずりと距離を取り、アッシュが怪訝そうに尋ねる。

私は離された分だけ距離を詰めて、アッシュの顔を覗き込む。

う、とアッシュが小さくうめいた。

「おかしくなんかないわ。私、あなたが好きだもの」

「っ……だ、だか、ら……」

「アッシュの力になりたいし、アッシュのそばにずっといたい。いつも言っていることよ？」

「それ以上近づくな……はしたないって」

「アッシュは嫌？」

「っ、ばか」

眉間に皺を寄せ、困り果てた顔をしたアッシュが逡巡した上で、小さく呟く。

「……いや、じゃ、ないけど…………」

「じゃあいいじゃない」

「ひっ……」

私はアッシュの胸に頬を寄せる。抱きついたのだ。

「あ……キサラ……その……」

アッシュが露骨にびくっと震える。私はそのまま目を閉じる。

「うん……そうよ。私、アッシュが大好きなのよ」

なんて簡単なことを、私は見ないふりをしていたのだろう。

私はアッシュの体温に触れるのが好きなのだ。一緒に馬に乗っているとき、ずっと胸をざわつかせていた気持ちは、アッシュの側にいる喜びだった。切なくなるほど、一緒にいて幸せなのだと気づいた。

なんで私は思考を停止していたのだろう。アッシュが好き。好きだから一緒にいたい。

ただシンプルに、そういうことだ。

「アッシュ、好きよ。……大好き。ずっと一緒にいたいわ」

「……キサラ……」

アッシュの鼓動が早い。シャツ越しにも体温が熱くて、私の髪をおそるおそる撫でる指が震えている。生唾《なまつば》を嚥下《えんげ》する気配がした。

ちらりと見上げると、アッシュの眼差しが私に注がれた。

アクアマリンの瞳が私を見てくれている。それが嬉しくて、私は微笑んでねだった。

「もっと髪を撫でて。私、あなたに撫でられるの好きなの」

「……ッ……」

アッシュが真顔になった気がした。

「……あんたが、誘ったんだからな」

低く呟くと視界がくるりと反転した。

アクアマリンの双眸《そうぼう》が、私を見下ろしていた。髪を梳いてアッシュの指が顎に触れる。

「キサラ」

ざらついた声で名を呼ばれ、私はぞくっとするのを感じる。寒くもないのに、不思議だ。

顎を支えたまま、アッシュの顔が少し傾く気がした。

至近距離で見ても、アッシュの顔は綺麗だ。

ふと、ぴたりとアッシュが動きを止めた。

「待てよ……なんだ、この匂い………」

怪訝な顔をして離れるアッシュ。体温が離れたと同時に、急に眠気が襲いかかってくる。

私はアッシュの重みを感じながら、目を閉じて意識を手放した。なんとなく、頭がぐるぐると回っているような感覚がする。

「うーん……ふわふわする……きもちいい……」

「おいキサラ、あんたもしかして……」

暖炉の灯りもアッシュの体温も、ふわふわとして心地よかった。

「……これ、やっぱりワインになってやがる……」

アッシュが呻《うめ》くように呟くのが、最後にうっすら聞こえた気がした。


鳥の鳴き声がうるさい。

私の視界に真っ先に飛び込んできたのは、肌の色だった。

「……？」

何度か目を瞬かせて、状況を確認する。

私は腕の中に収められるように眠っていた。目の前にあるのはアッシュの胸元で。軽くシャツをはだけたところに、私は頬を押し付けて寝ていたようだった。

「きゃーっ!!!」

ほぼ反射的に、私は悲鳴をあげて身を起こす。

「うるせえ」

アッシュが至極《しごく》迷惑そうに眉根を寄せ、私を腕から解放して見上げた。

「……ようやく起きたか」

「あ、ああの、アッシュ……」

私の記憶では、ご飯を食べたあたりで急に眠くなったように思う。

私は昨日着ていた服のままだ。一応上衣は壁のハンガーにかけてある。アッシュはあくびをしながら訊ねる。

「あんた、覚えてねえの？」

「な、何を……？」

アッシュはしかめ面で、はああ、と深いため息を吐いた。

「具合は？　頭痛くはねえか？」

「よく寝たのかしら、すっきりしてるわ」

「……強くてよかったな……」

「な、なんの話？」

「酒だよ」

「さ、さけ？」

「昨日一睡もしてねえんだ。もう少し寝るから……離れろ……」

アッシュが疲れた様子でやんわり振り払うと、布団に頭まで潜って丸くなる。

私はおろおろした。

「な、何があったの？　ええと、私」

「襲われた」

「えっ⁉」

「好きだ好きだ言いまくって抱きついてきて、甘えてきた」

「……私が？」

「ああ」

「……………」

「おやすみ」

「ま、まって……アッシュ⁉」

「……朝まで寝てないんだって。寝かせろ。馬から落ちても知らねえぞ」

「わ、わかったわ……」

アッシュはそういうなり、本気で熟睡したようだった。

私は呆然とした。信じられない気持ちで、自分の頬をぺたぺたと触る。言ったことは覚えていない。でも、確かに自分が言ったのだと確信した。アッシュが好きなのは事実なのだから。

「……と、とにかく出る支度をしましょう……お掃除しなきゃ……」

私は上衣を纏って動き出す。窓を開くと寒いだろうから、馬小屋の仕事から先にする。鳥の鳴き声ばかりが響く中で無言で手を動かしていると、少しずつ前夜のことを思い出してくる。確かに私は思うままにアッシュに好きだと言い続けた。遠慮なく抱きついて、そしたらアッシュにひっくり返されて、そして――。

「……まって……ここから何も覚えていないわ……」

顔を両手で押さえてうずくまる。馬がどうしたのかと気遣うように私の顔をのぞき込んでくる。

かわいらしい顔を見て深呼吸をして、私は平静を保とうとした。

「わ、私ってば……なんてことを……」


——その後。

目覚めたアッシュはいつも通りの態度で簡単に食事をとり、平然と私を馬に乗せてくれた。

私がぎこちなく体を離していると、アッシュはため息をついて私の腰をぐいと引き寄せる。

「ひゃああ」

「……なーにがひゃああだ、襲われたのは俺の方だぞ」

「ごめんなさいごめんなさい」

「わかってるって。だからもうあんたも意識すんな、馬から落ちんぞ」

そうこうして、私たちは夕方にはジラガーツに帰り着いた。

アッシュは村に入ると馬を降り、私と荷物を乗せたまま隣を歩く。

「馬で疲れたろ。腰痛くないか?」

見上げて尋ねるアッシュ。

宣言通り、アッシュは全く意識しない態度で私を気遣ってくれる。

私は今でも顔が見られなかった。

「アッシュこそ、その……寝不足にしちゃってごめんなさい」

「何度謝るんだ、いい加減聞き飽きたんだけど」

アッシュが苦笑いする。

「事故みたいなもんだろ、気にしてないから」

「あ、あのねアッシュ」

私は躊躇いがちに、己の暴走の理由を紡いだ。馬に乗っている間に考えをまとめていたのだ。

「アッシュにこれから婚約者ができたら、寂しいなって思って」

手綱を持つアッシュの指がぴくりと動く。私は手に手を重ね、話を続ける。

「でも作らないでいてくれて、嬉しいなと思ってたの。でもなんだかそれってわがままな気もして……ううん、こんなことを言いたいんじゃないの。ええと。ごめんなさい。とにかく、アッシュにとって私ってどんな相棒《パートナー》なのかしら、どんな風に思っててくれてるのかしらとか、色々……そう思ってるうちに、聞くのが怖くて。その代わりに……なぜだか、好きってちゃんと伝えなきゃいけないって思ったの」

「……」

「ううん、ごめんなさい。私、何を言っているのかしら。最近おかしいのよ。あなたと一緒にいると……あなたのことを考えると、自分でもよくわからなくなっちゃって。ただ好きなのは本当よ、アッシュ」

「あのさ」

アッシュが言葉を切る。そして真面目な顔をして、私を見上げて言う。

「何度もいうけど、俺は男だからな」

念を押すように強く、アッシュは私に言う。

「婚約者ができる前に好きだと言わなきゃ、なんて言われたらそういう意味に受け取るぞ」

「そういう意味って……？」

返事を待たないうちに、私たちは家の前についた。アッシュは私を馬から降ろすと、そのまま頬を撫でる。顔を固定された、と思った瞬間、気が付けば口付けられていた。

触れるだけ、それでもはっきりと唇を奪われたのだと認識できる、れっきとしたキスだった。

息が触れる至近距離で、アッシュが睨む。

「こういう意味だよ。……わかったか、悪女」

アッシュは平然とした表情で馬を小屋へと連れていく。馬小屋から戻ってきたころにも、私は呆然と立ち尽くしたままだった。

去り際のついでとばかりに、アッシュは私の頭を、ぽんと撫でてスタスタと去っていく。

「………………」

私が帰ってきたことに気づいたどこかの牧羊犬の子犬が、わふわふと足元で跳ね回る。

またどこからか走ってきた母犬に子犬が咥《くわ》えられて去っていっても、私は動けなかった。

背後で小さな悲鳴が聞こえた。

「きゃっ！　……ちょっとあんた、何つったってんのよ！　びっくりするじゃない！」

「あ……」

私がぎこちなく後ろを向くと、フレイヤが怪訝な顔をして立っていた。連れていたスノウが相変わらず私のスカートを食んでよだれだらけにしている。

まだ動けない。フレイヤが眉間に皺を寄せる。

「どうしたの、顔真っ赤よ？　風邪引いたんじゃないでしょうね？」

違う、と口を開こうとして、唇を意識して、先ほどの瞬間が脳裏で巻き戻される。

アッシュの綺麗な顔が近づいてきて、当たり前のように口付けた。

触れた時の痺れるような感触が思い起こされ、頭の中で火花を放つ。

「……」

意味が、わかってしまった。アッシュの私に対する言動の、おおよその意味が。

私はそのまま眩暈《めまい》がして、ふらふらとその場でへたり込む。

「キサラ!?」

フレイヤの素《す》っ頓狂《とんきょう》な悲鳴さえ、遠くなった。


結局その後、私は熱を出して寝込んだ。

翌日。ベッドに横たわる私に、フレイヤは呆れたように見下ろして告げた。

「熱があるわね。しばらく寝てなさい」

「ご、ごめんなさい……」

「ふん。軟弱な王国女がヴィルカスの生活に合わせるなんて土台無理があるのよ。悔しかったらさっさと治してちょうだいね」

言葉ではツンケンと言いながら、フレイヤは朝食から薬まで準備してくれている。優しさに感謝しながら、心から申し訳なく思う。

私は言葉に甘えてベッドで休んでいた。

意識が夢現《ゆめうつつ》を行き来する中で、私はさまざまな景色を見た。

アッシュの故郷の惨状。

自分のかつての死に戻り《ループ》の日々。

アッシュと過ごした生活。

幼い頃に母と一緒に過ごしたぼやけた記憶。


——その中で、一人の銀髪の女性が金の瞳で私を見ていた。

アッシュに少し似た雰囲気の、長い銀髪の凛とした女性だった。

私は彼女が名乗らずとも——女神様だとわかった。

女神様は私を見下ろし、楽しげに唇を撫で、笑う。

私とアッシュのできごとを、楽しんでいる様子だった。

唇を撫でた指が、そっと体を伝うように降りていく。顎、喉、鎖骨、そして——胸元の傷へ。

彼女は何かを言った。

その声はよく聞こえない。けれど、優しく何かを言祝《ことは》ぐような雰囲気に感じられた。

彼女は微笑み、私から離れていく。

次第に意識がゆっくりと覚醒してくる。

――額に冷たいものを感じた。

目を開くと、アッシュが額に触れていた。

「悪い、起こしたな」

窓の外の明るさを見るに、昼過ぎなのだろう。

帰宅したアッシュが見にきてくれていたらしい。目覚めた私にほっとしたように微笑む。

「具合はどうだ？」

「平気よ。……」

「どうした？」

「……恥ずかしくて」

たまらず、私は布団を鼻先まで引き上げる。

アッシュは私の髪を撫でて苦笑いした。

「……わかったろ。あんま迂闊《うかつ》なこと言うとどうなるか。そんな警戒すんなよ。もうしないから」

「す、するのはいいのよ、いいんだけど」

「またあんた、んなこと迂闊に」

「あ、あのねアッシュ。……聞いて」

私はアッシュの手を掴む。そして急いで言った。

「アッシュのこと大好きよ。言葉に嘘はないわ。その……はしたなかったけれど、私の本心よ。あの夜に伝えたことは」

アッシュの目の色が変わる。急に真剣に見つめられ、私は言いたかった言葉を忘れそうになる。

でもね、と私は言葉を続ける。

「その『好き』ってのが、その……どんな気持ちなのか、改めて言われると、わからなくて。でも私、アッシュと一緒にいたいの」

しばらく思考の間をあけたのち、アッシュは片眉を上げ、首をかしげて尋ねてきた。

「つまり、恋愛の『好き』なのか、単に相棒《パートナー》として『好き』なのかわからないってことか？」

「ええ。そうよ」

はっきり言われると恥ずかしい。けれどちゃんと確認しておくべきことなので、照れている場合ではない。

アッシュは髪を撫でていた手をずらし、私の唇に触れた。突然触れられてどきっとしていると、アッシュは目を細め、さらに問いかけてきた。

「嫌だった？　……したこと」

「いやじゃ、ない……わ……」

「……そうか」

アッシュは一つ深呼吸をすると、立ち上がる。そしてベッドの隣に膝をつく。

「なあ、キサラ」

私の顔を少し下から見上げるようにして、アッシュは私に言った。

「婚約者を決める話だけど」

「ええ」

「結婚してくれ」

聞き間違いかと思った。

けれど、アッシュの真剣な眼差しが、聞き間違いではないことを告げていた。

「俺もあんたと離れたくない、キサラ。一緒に生きるのならキサラがいい」

「あなたと……結婚……？」

考えが及ばなかった、まさかの話だった。

――だって、私はキサラ・アーネストで。

アッシュはヴィルカスの亡き州議長の息子で、現州議長代理の甥で。

考えられるわけがなかった――アッシュが言うまで、ずっと。

呆然とした私に、アッシュは眉を下げて笑う。

どこかスッキリしたような、吹っ切れたような笑顔だった。

「早くはっきりと伝えていればよかったんだ、……色々、踏ん切りがつかなくて言えなかったけれど、俺はずっとキサラが好きだった。キサラ以外と暮らす人生なんて、考えられない」

「アッシュ……」

「好きじゃなきゃキスなんてしない。なんなら、あんたが熱出してなけりゃ今すぐ口を塞いでやりたいくらいだ」

「っ……!?」

動揺が露骨に顔に出た私に、アッシュは優しく笑う。

「大丈夫だよ、今日はしないって」

そして真面目な表情に戻り、言葉を続ける。

「確実に俺はあんたに苦労をかける。ヴィルカスの事情にも巻き込むだろう。だがあんたももう懲《こ》り懲《ご》りだろう、面倒に巻き込まれるのは。そう思うと……告げていいものか悩んでいた。でも」

アッシュは手を握る。

瞳も言葉も真剣でとても力強いのに——手は、壊れものに触れるようにそっと握られていた。指先まで張り詰めているのがわかった。

アッシュは渾身の思いで、私に告白をしてくれている。

「俺でよければ、添い遂げさせてほしい。人生の伴侶として」

「……もちろ」

「ただし」

私の言葉を遮り、アッシュは続ける。

「返事は体調が治ってからでいい。……偽装夫婦をやっていた今までとは違うんだ。よく考えてくれ。ちゃんと……本当に夫婦になっていいのか。よく考えた上で答えてほしい」

「悩むことなんてないわ。今までだって私たち、二人で」

私は続きが言えなくなった。アッシュが、握った手の甲に口付けたからだ。

王国の貴族男性は気軽に手の甲に挨拶のキスをする。

「今はどんな答えをもらっても、あんたにキスできないじゃねえか」

「っ……」

アッシュの国にはその文化はない。キスの重みが違う。私は熱が上がる感覚がした。

「あ……私、…………そ、の……」

言葉が出なくなった私を安心させるように、ふっと笑った。

「慌てなくていいから。なんなら答えは、ヴィルカスを出た後だって構わない。告白した以上、応えてくれるなら俺は絶対にあんたの側にいるから。何があっても、いつまでも」

「……ありがとう。ちゃんと元気になって、きちんと返事をするわ」

私はアッシュの手を握った。

「……ねえアッシュ」

「ん」

「嬉しいわ」

「そうか」

アッシュは息を吐いた。

「……俺は緊張した」

「本当に？　落ち着いて見えたけど」

「格好つけただけだよ」

アッシュはどこか晴れ晴れした顔で立ち上がると、私の頭を撫でた。

「じゃあな。……また見にくるよ」

「ええ」

アッシュが立ち去った後、私は落ち着くように深呼吸をした。

まだ夢心地のようだった。くらくらするのが熱のせいなのか、アッシュの眼差しのせいなのかわからない。

アッシュの口付けの余韻が残る手の甲を、そっと右手で引き寄せる。

――これまでは逃避行だった。

キサラ・アーネストとしての人生を捨て、自由で楽しい「悪女」として生きるための。

これからは得てきた大切な人たちを守るため、そして一緒に生きていくために舵を切る。改めて私は誓った。

私は立ち上がり、部屋のドアを開けてアッシュを追う。

ちょうど階段を降りていたアッシュは、足音で振り返って目を見開いた。

「どうした、無理するな」

「アッシュ。返事は決まっているわ。今言わせて」

私を見上げるアッシュの手を取り、目を見てはっきりと告げた。

「私、あなたと一緒にいたい。何があっても、どんなときでも。……だからこそ」

目を見張るアッシュに、私は誓うように強く宣言した。

「私、もっとやるわ。アッシュとご家族皆が幸せになれるように、問題解決の力になってみせるわ。改めてちゃんとお返事をさせて。安心してアッシュを任せられる伴侶《パートナー》だって信頼されたいもの」

「キサラ……」

「早く風邪を治すわ。そしたらまたキスしてね」

次の瞬間。アッシュは私を抱きしめていた。

額を合わせて、至近距離で目を細める。

「応えたからには覚悟してろよ。俺がどれだけ我慢してたか教えてやる」

「が、我慢」

私を腕から解放すると、アッシュは屈託なく笑った。

「お互い改めてまた、な」

アッシュは当たり前のように私の頬に口づける。

「ひゃ……!?」

「嫌か？」

「い、嫌じゃないわ。でも今、熱が出てるし風邪がうつったら……」

「だから口にはしなかっただろ」

「っ……！」

「じゃあな」

アッシュは私を残して階段を降りていく。

鼻歌が聞こえてきた。ひどくご機嫌なようだ。こんな機嫌がよくて明るいアッシュを初めて見た。

また一つ、彼の知らない一面を知ってしまった。私はへなへなと階段に座り込む。

「……もしかしてアッシュは、とても……その、意外と……熱烈な人なのかしら……」

こういうときはどうすればいいのだろう。覚悟って何の覚悟が必要なの？　と、今まで読んできた恋愛小説の内容を思い出そうとする。けれど、全く役に立たない。顔が熱いし、アッシュが嬉しそうにしていると胸がどきどきして苦しくなるし、気持ちが舞い上がって気絶してしまいそうだし、足が震えて立ち上がれない。

「……よ、よーし……」

私は深呼吸して、気合いを入れ直す。

立ち上がって頬のキスの感触をかみしめ、ぐっと拳を握る。

「よーし！　がんばるわよー！」

「うるさいわね！　おとなしくしなさい色ボケ女！」

階下のフレイヤが叫びながらやってきた。ミトンを嵌めた彼女の手は粥《かゆ》の鍋を持っている。

「お粥つくってあげたんだから、さっさと食べなさい！　風邪《こじ》拗らせたら承知しないんだから！」

「ええ！　ありがとう！」

私はにっこり笑って返した。

寝込んでる暇なんて、ない！　早く治さなくちゃ。


首都の商工会館、柔らかな光の差し込む南向き半地下の作業部屋に、華やいだ女性たちの声が響く。

「このドレスの刺繍、ヴィルカスならもっと効率的にできるわね」

「この縫い合わせの仕方珍しいわね、もう少し解《ほど》いてもいい？」

「流行の色で服を決めてるのなら、こっちも新作出して良さそうね」

ヴィルカスの女性陣と一緒に、色とりどりの様々な刺繍が並んだテーブルを囲んでいた。

フレイヤとシルネも一緒だ。

私が翻訳を手伝った刺繍が高く売れた。

その結果、意欲的なクレスタ州各地の女性陣の刺繍談義に私も参加させてもらえるようになったのだ。とはいえ、私はヴィルカスの刺繍ができない。そのため手持ちの品として国外から取り寄せた流行のドレスを皆に紹介し、その刺繍や縫製についてみてもらうことにしたのだ。

職人気質《かたぎ》な彼女たちは、糸の使い方やデザインを写し取ったり、真似をして刺繍したりしている。

「他国のやり方も柔軟に取り入れるのね」

私の質問に、年上の女性が当然でしょとばかりに肩をすくめる。

「私たちの着る衣はある程度伝統は守るけどね。だからこそ外国もまた伝統や気に入った様式があるのは理解しているわ。だからそれに合わせて作らないと、手に取って貰えないものね」

彼女に続くように次々と女性たちが会話に参加する。

「刺繍一つにも女神様の意向が組み込まれてるからって、一部の保守派の魔術師はいい顔をしないけどね。いいじゃないのさ、売り物なんだから」

「まああ……魔術師の悪口を言うと女神様に怒られるよ」

角を立てるわけにもいかないので、私は曖昧《あいまい》に笑う。

そこでシルネが他の女の子と一緒に、頭に白いレースをかぶって「お祭りはこのレースがいいな」と言い出したので、場の空気が和やかになった。

私がだんだん受け入れられた理由の一つに、デリア家に対する表だっていえない不満があるのではないかと思う時がある。

ジラガーツの人たちもデリア家の顔色を慮《おもんぱか》って過ごしていた。

そして幾たびものトラブルによりデリア家がジラガーツの担当魔術師から外された。

本来ならビナリッダがトラブルを起こしたとしても、私が追い出される空気になるはずだ。

しかし結果としてはビナリッダが追い出された。

人々が必死に復興のための外貨稼ぎをしようとしても「伝統」で過度に縛られるのなら、確かに不満が湧いてもおかしくない。今回彼女が追い出されることになったのも、積み重なった鬱憤《うっぷん》の結果なのだろうと思う。


お昼の時間になり、私たちは和やかに別れた。

フレイヤがシルネと手を繋いで私に言う。

「私たち、ちょっと豊穣祭典の準備があるから別れましょう」

「ええ。また夜に」

ぞろぞろと廊下を移動する女性陣と雑談しながら歩いていると、たまたまアッシュと出くわした。

周りには高官らしい男性たちがいる。

アッシュは彼らと別れ、私も女性陣と挨拶をして別れる。

二人になったところで、アッシュが呆れたような、感心したような顔をして尋ねてきた。

「すっかり女性陣の輪に溶け込んじまったな、あんた」

「皆さんとっても優しいから。刺繍の話だけじゃなく、共通の話題もあるし」

「共通？」

「リヤとシルネのお友達のお母様もいらっしゃるの。私が翻訳した絵本を二人がお友達に話してきかせるらしくて。そこから子ども向けの本について、あれこれと話題がね」

「そうか……」

アッシュはじっと私の顔を見つめていた。どうしたの？　と尋ねるかわりに首をかしげる。

すると温かな眼差しで、アッシュは私を見て視線の理由を口にした。

「アーネスト公爵家から連れ出してすぐの頃を思い出したんだ。あの頃のキサラは、すごく背伸びをしていたなって」

「もう！　恥ずかしいこと思い出さないで」

私は笑って肩をすくめる。

「あなたと一緒にいる間に、人付き合いに馴《な》れたのよ。それにアッシュがお見合いしていた相手の皆さんも、私に興味を持って色々話しかけてくださって」

「へー……って、待てよ。見合い相手？」

「ええ、お見合いのお相手の皆さん」

アッシュがぎょっとして私を二度見する。私は肩をすくめた。

「皆さん、アッシュが連れて来た私にとっても興味があるみたい」

「……大丈夫なのかよ。仲良くやれてるか？」

「楽しいわ！　同世代のご令嬢のお友達がたくさん増えたみたいで嬉しいし。私もビナリッダさんのことがあったから、最初は怖かったんだけど」

「そ、そういうものなのか……？」

アッシュは複雑そうな顔をしていた。

「俺としてはこう……なんというか……」

「そういうものよ。アッシュは丁寧にはっきりお断りしていたみたいだし、アッシュを悪く言う人はいないわ」

「そりゃ、俺の身内のあんたに悪くはいわないだろうけど」

実はアッシュには言いにくいことも一応、ある。

親が見合いを勧めても、皆あまり乗り気ではなかったという。

アッシュはそもそも誰と結婚したとしてもヴィルカスに残る気がないというのも理由の一つではあったけれど――みんな正直なところ、アッシュの容姿に気後れしていた。

――普通の女性より、よほどお綺麗な方だし……。

――私がお見合いすると聞いたら、男兄弟まで近くで一目見たいと群がってきて……。

――豊穣祭典のときも、花嫁の私よりずっと目立ちそうだし……。

だから、隣に並ぶのは抵抗がある、と。確かにアッシュは綺麗だ。私が彼に気後れしないのは、私がヴィルカス人より基本的に小柄な、王国人だというのもあるだろう。

この国の男性は、みんな大きい。

女性もまた結構大柄だ。ビナリッダも私より結構背が高い。フレイヤは私より小さいけれど、きっとこれから背が伸びるのだろう。

「キサラ?」

名を呼ばれ、はっと顔を上げる。

アッシュと目が合って、私はドキッとした。先日のキスを思い出し、反射的に顔が火照る。

「あ……」

私が真っ赤になったのを見て、アッシュも照れるように微笑んだ。

「と、ともあれ今後もお仕事の意味でもお役に立てそう！　それにフレイヤを庇ってくれる女性陣も作っておきたいし……国を出てもがんばるわね！」

そのとき、華やかな花飾りを持った子どもたちが視界の端を通り過ぎていく。

みんな楽しそうだ。

彼らを見て、アッシュが目を細めた。

「――豊穣祭典の季節か。早いな」

「たしかもうすぐ始まるのよね？」

ヴィルカスで最も大きな祭りである、豊穣祭典。夏至《げし》の日に行われる祭りだ。ヴィルカスの短い春夏の期間、豊穣と繁栄を祈って盛大に行われるのだという。

「大切なお祭りなのよね」

最近デリア家からの嫌がらせが起きていないのは、大切な祭りの前だからかもしれない。

「キサラもいろいろ準備に忙しくなると思うけど、一生に一度と思って楽しんで欲しい」

「もちろんよ。私がお手伝いしていいのなら、喜んで」

私たちは幸せな気分で祭りの準備をする人たちを見つめた。

こういう穏やかな時間を、少しでも多く、ヴィルカスで過ごしていきたいと思った。

第五章　豊穣祭典

豊穣祭典の日はよく晴れて、朝から賑やかだった。

私は朝から、フレイヤの晴れ着の準備の手伝いを行った。

ジラガーツのあたりに暮らす女たちが一つの集会場に集まり、みんなでがやがやと着付けをする。

生花が次々と運ばれてきて、セットしたての髪に飾り付けられていく。今日は未婚の女子にとってのお見合いや出会いの場、お披露目《ひろめ》の場でもあるらしく、みんな花束みたいに綺麗だ。

飾りつけかたは私にはわからないので、私はとにかく花を運んだり、直前になって修繕が必要になった衣装の繕い物や、あれこれと頼まれるままに動き回った。

おばさんが「あんた、これですっかりヴィルカスの祭りの準備を覚えちまうね！」と笑う。

きりきりと働きまわりながら、私は楽しくて仕方なかった。

——デビュタントの経験は、私にはない。

母亡き後に捨て置かれていたのを、いきなり引っぱり出され、礼儀作法を叩き込まれ、その場限りの「王太子の婚約者候補」として出されたのが貴族令嬢としての人生の始まりだったから。

あのときは自分の置かれた状況が恐ろしくて、綺麗なドレスに感動する気すら起きなかった。

私は熱気に包まれた場を見渡す。

みんな、未来にいきいきと希望を持って、素敵な出会いに胸を躍らせている。

素敵だと思った。

「ねえ、あんたいつまで普段着のままなの」

聞き慣れた甲高《かんだか》い罵倒《ばとう》に、ちょっと斜め下を振り返る。

フレイヤが腰に手を当てて私を睨み上げていた。ロップイヤーのウサギのように伸ばしたローテールを幾本もの細い三つ編みで飾り立て、白薔薇《ばら》柄の美しい刺繍が施されたドレスを纏ったフレイヤは、まるで雪うさぎの妖精のようだった。

「可愛い。アッシュと並べたらお人形みたいで絶対素敵よ！」

「兄様は素敵、それは当然のこと！　違うわよ、そのことじゃなくてあんたのこと！」

ビシッとフレイヤは私を指差す。

「あんたも未婚の女でしょうが。着飾るのは嗜《たしな》みよ、そのぼさぼさの髪も服も、なんとかなさい」

「え、ええと……でも私、よそ者だし……」

「だからこそ！　みんなが注目するでしょ！　せいぜい綺麗な格好して、みんなの目を楽しませることだって考えなさいよ！　おばか！」

「なるほど、そういう考え方が……」

「それとも何？　兄様がいるから飾り立てる意味ないって言いたいの？」

フレイヤが片眉をあげ、不機嫌に睨んでくる。

私はうっかり口籠もってしまった——それをめざとく見たフレイヤは、キッと目元をキツくした。しまったと思う。フレイヤは私が兄の婚約者狙いじゃないか疑っていたのだ。

まさに、そんな状況になりつつある。

フレイヤは不機嫌そうに訴えた。

「私の大切な兄様を引き取ろうって女が、飾り立てないってどういうことよ！」

「えっ」

「あの兄様の隣に立つ気があるなら、精一杯細胞の一つまで磨き上げるくらいやりなさいよ、もう！」

私は一瞬聞き間違えたのかと思った。

言葉が見つからず目を瞬かせていると、フレイヤがフン、と鼻を鳴らす。

「か、勘違いしないでよね！　認めてなんかないんだから！　ただ……そうよ、ただ、あんたくらい鈍感じゃなきゃ兄様の隣に立とうなんて思えないんだから、そこに挑戦できるくらいの太々《ふてぶて》しさがあるのなら、その……もう！　何笑ってんのよ！」

「ごめんなさい」

私は謝りつつ、嬉しくて顔が綻《ほころ》ぶのを止められなかった。

「と、とにかく綺麗にしなさい。兄様と並ぶと、飾り立てた自分より兄様のほうが綺麗だから。もちろん妹の私が誰よりも綺麗だけどね？」

フレイヤは自慢げに髪をかきあげる。普段も可愛らしいけれど、化粧を施した今日はぐっと大人びて見える。

「とにかく。……兄様はここにいる限り、永遠に復讐者の名前がついてまわる。兄様は本当は優しい人なのよ。そんなものを背負っていては、かわいそう」

フレイヤは強い眼差しで私を見て、命じるように訴えた。

「あなたが連れ出して、違う生き方を兄様に与えてくれるならそれが一番よ。兄様を幸せにするなら、兄様を貰っていってくれても許してやるわ。少しくらいは、応援してあげる。兄様のためにね」

「ありがとう……」

「で、あんたもちゃんと綺麗にするのよ！」

話は決まったとばかりに、フレイヤはあちこちの女性陣に命じて私にあれこれと服を選び始める。

「時間もないし、作ってる余裕も今年はなかったんだし……仕方ないわね、普段着の上から飾るわよ！」

クレスタ州の民を示す青を基調にした装束に、上から次々に華やかなつけ襟やリボンが仮止めされていく。ヘッドドレスのような華やかな髪飾りを頭に被《かぶ》せて、腰のリボンも改められる。あっという間に、私の姿は祭り装束らしくなった。

フレイヤが先に集会所を出ると、目の前の広場にアッシュがいた。

フレイヤを見て、アッシュが花が綻ぶように微笑む。

「綺麗だな、フレイヤ」

そして後ろから来た私に気づき、目を大きく見開く。

その表情は——見惚れると言うより、ぎょっとした、と言うほうが当たっているような顔で。

兄の態度に、フレイヤが吠えた。

「何よ、綺麗くらい言ってあげなさいよ！」

「……それは、そうだけど……」

「兄様が何考えてるかわかるわよ。キサラに言いよる男がいないか怖いんでしょ。ほら、キサラ私に隠れてないで！」

「きゃっ」

フレイヤが強引に私の背中を押す。

「あ……綺麗だな、キサラ」

「ありがとう。アッシュもよく似合うわ」

「じゃあね。兄様しっかり案内しなさいよ！」

そう言って彼女は去っていく。アッシュがその背中に声をかけた。

「待て、お前、俺と一緒に行かなくていいのか」

くるりと振り返ると、フレイヤは少し無表情になる。

兄であるアッシュにあまり向けない、ちょっと冷めたような眼差しだ。

「おあいにく様。私、兄様がいない間に婚約者くらい作ってるもの」

「えっ」

「兄様だけじゃないんだからね、離れている間に変化が起きたのは」

「き、きいてないぞ」

「ええ、言ってないもの」

当然、とばかりにフレイヤは腰に手を置く。

「私が怪我したときに薬を持ってきてくれた、あの人よ」

呆然とするアッシュの隣で私は記憶を辿る。確かに若い薬師の男性が、血相を変えてフレイヤの怪我の手当てをしていた。

「当然、州議長代理——叔父様に紹介はしているわよ。でも兄様、王国女《キサラ》を連れてノコノコ帰ってきたもんだから、教えたくなかったのよ」

「っ……」

「私が怒るのも当然でしょ？　私一人ヴィルカスに残して心配かけて、ようやく元気な顔で戻ってきたと思ったら女連れなんですもの。事情は汲むけれど、それはそれ、これはこれ、よ」

「す、すまない……」

アッシュはすっかり青ざめている。兄の様子を見てフレイヤはふふ、と笑う。

「ああ、すっきりしたわ。ずっと言うタイミングを窺ってたの。あとで紹介するわね、じゃ！」

フレイヤがスカートの裾を翻《ひるがえ》し、元気に去っていく。

「…………」

「アッシュ。アッシュ。アーッシュ」

何度呼んでも反応はない。

アッシュはハッとしてため息をついた。

「……悪い」

「だ、大丈夫？」

「あまり大丈夫じゃない」

顔を覆ったアッシュは言葉通り、心底大丈夫ではなさそうだった。

「そうだよな。妹も長い間放っておいたんだし……その間に支えになってくれた奴がいるなら……

うん……本当によかった……よかった……」

「アッシュ。きっとあなたに気を遣ってくれたのよ」

私は背を撫でて宥めた。

「アッシュ一人に集落の怨嗟を引き受けさせて、辛い思いをさせて……その間に支えてくれる誰かがいたことを、彼女は後ろめたく思っていたのかもしれないわ」

「……そうだな……」

「それよりもアッシュ。気になっていたのだけど」

そして改めてアッシュを見て、私は惚れ惚れとした。

「……やっぱり綺麗ね、あなた」

祭りの衣装を纏ったアッシュは華やかだった。花を飾ったおさげ髪はまるで満開の蔓薔薇《つるばら》のようで、鮮やかな上衣をますます美しく彩っている。普段から美しい人だとは知っていたけれど、非日常的な祭りの空気と相まって、まるで神様が降りてきたみたいだ。

私の視線を浴びて、アッシュは少し気恥ずかしそうに目を逸らす。白い肌が、赤くなるとますます透き通って見えた。

「あのさ。……綺麗って言われるの、あんまり好きじゃなかったんだけど」

「あ」

思わず口を押さえる私に、アッシュは眉を下げて首を横に振る。

「……でも、キサラに言われるのは悪くないな」

そう言ってアッシュは笑顔になり、私に手を差し伸べた。

「行こうか、ユーリフェリス家の大切なお客様」

「ええ。よろしくね、子息様」

私たちは一緒に連れ立って、豊穣祭典へと向かった。


外に出ると、既に首都は祭りの色でいっぱいだった。建物はどれも鮮やかな生花がいっぱいに飾られ、街灯も木々も、刺繍を施されたリボンやブーケに彩られている。人々は老若男女問わず鮮やかな晴れ着を身に纏い、生花を髪に飾り付ける独身の若い男女はますます華やかだった。

皆体格がいいだけに、王国人としても背の低い私の視界は極彩色に満たされた。

アッシュを見つけた髭のたくましい青年たちが、ぱっと顔を輝かせて辞儀をする。アッシュがそれに応じると、こちらに駆け寄ってそれぞれが挨拶をする。アッシュと同世代くらいの人たちだ。

「子息、お久しぶりです。ご無事にご帰国されてなによりです」

「また是非ローインズ集落の人々に挨拶をさせてください」

彼らの一人が私をちらりと見て告げる。

「子息、彼女が王国のキサラ嬢ですか?」

「ああ。後で改めて一緒に紹介に行く」

アッシュに敬愛を示す人々の、私に対する眼差しはそれぞれだった。しかし少なくとも、『王国人の賓客』として表面上は丁重に扱わねばという配慮は感じられる。

豊穣祭典なるお祭りだから、アッシュはクレスタ州議長代理の親族として忙しいのかと思っていたけれど、意外にも私を案内する余裕はあるようだった。

露店の賑わう通りを歩きながら、私はアッシュに問いかける。

「もしかして、今日忙しかった?」

「いや?　一日空けてるよ」

「私が一人にならないように気遣ってくれたの?」

「気遣いじゃねえよ。当然のことだ。なにせキサラにとっては最後かもしれないだろ、今回が」

アッシュは微笑む。

「少しでもいい思い出、こっちで作って欲しいから。それに俺も作りたい」

「アッシュ……」

アッシュのほうから、私の手を取る。反射的に顔を見ると、アッシュは目を細めて笑った。

「人混みでもあんたはすぐ見つけられるだろうけど、はぐれたら嫌だから」

「……そ、そうね」

私は耳が熱くなるのを感じる。

これまでも何度も、繋いだことのある手なのに。

「……それに」

わずかに声のトーンを落とし、アッシュは耳打ちした。

「デリア家のことがある。……キサラは絶対、俺から離れるな」

「……わかったわ」

「まあ、嫌なことは忘れようぜ」

嫌な空気を振り払うように、アッシュは私の背中をぽんと叩いた。

「ほら、あっちで演劇がある。リヤが狼役でシルネが魔女役だ。行こう」

「もしかして最近ずっと歌ってた曲？」

「それそれ」

――それから私はアッシュに連れられ、豊穣祭典の催しのあちこちを楽しんだ。

晴天の空の下、見たこともない楽器で鳴らされるメロディ。踊る人々。今日がかき入れ時とばかりに元気な声を張り上げる露店商。軽食の屋台。ヴィルカスの五色の上衣で、どこの土地の人なのかわかるのは便利だ。皆銀髪だからこそ、いっそう、鮮やかで華やかな装いを好むのかもしれないと思う。

祭りの中心は大きな広場だった。

「この広場は、普段は選挙に使うんだ。議会もここで行われる」

「ずいぶんと風通しがいいところでやるのね」

「直接選挙だからな、ヴィルカスは。秋にあんたがこの国を離れる頃には、州議長代理を正式な州議長として認めるかどうかの選挙が行われる。それもここで行われるんだ」

話を聞く限り厳《おごそ》かな場所だ。しかし今日は飾り付けられ、噴水にも花が浮かべられ、子どもたちがステージで飾り立てられた家畜とダンスしている。その愛らしい様子に歓声をあげる家族たち。ほのぼのとしていて、見ていて癒やされる光景だった。

私たちは少し舞台から離れた草の上に腰を下ろす。アッシュが指を指した。

「リヤとシルネが出てくるぞ」

舞台袖から、リヤとシルネが現れる。一対のお人形のように出てきた二人は、皆に美しい辞儀をする。大人びた二人はやはりクレスタ州の州議長の遺児、そして州議長代理の養子として、一際厳かな様子で扱われているようだった。

二人は最初にまず、舞台の前方に笑顔を向ける――ユーリフェリス家の人々がいるのだろう。そしてきょろきょろと見回し――こちらに気づいて、嬉しそうに手を振った。

アッシュが手を振りかえすと、人々の眼差しがアッシュへと集まる。隣にいる私を人々がどう見るか一瞬ひやっとしたけれど、すぐに舞台の賑わいへと向けられる。

ほっとした私の肩を、アッシュが引き寄せる。

「大丈夫だって。……ここまで受け入れられてるのは、あんたの今日までの成果だ」

私は頷いた。とても満たされた思いで、舞台へと目を向ける。


楽しい時間は、あっという間に過ぎていった。

クレスタ州の若い女性が一斉に舞う踊りを見た時は、あまりの美しさに感動した。

そこで笑顔で踊る妹を見て、アッシュは眩しそうに目を細めていた。

「あいつ、ローインズ集落の件でずっと華やかな場に出られなかったから……よかった」

「そうね……」

その後にフレイヤやリヤ、シルネは一族の集まる席に招かれて去って行った。

「アッシュはいいの?」

見送る隣のアッシュに尋ねると、アッシュは小さく首を横に振った。

「ああ。俺はいいんだ」

「でも……私は一人でも平気よ？」

「あんたに気を遣って、ってだけでもないんだよ」

アッシュはなにか諦めたような、穏やかな顔で言う。

「晴れの場には色んな考えの連中が集まるから。州議長代理が正式に州議長に就任して、俺を対抗馬にするだのなんだのの話が上がらなくなるまで、なるべくこういう、誰かの口が滑りそうな場には行かないようにしたいんだ」

「アッシュ……」

「それに血の気の多い連中に、王国での武勇伝でも聞かせろなんて煽《あお》られるのも面倒だ。祭りの席で嫌なこと、話したくないし」

アッシュがしたのは暗殺だけではない。

いろいろと、言いたくないことも王国でやってきたと聞いている。

少し思い出してしまったのだろう。私はアッシュに腕を絡め、明るい調子で提案した。

「じゃあ私と楽しみましょう？　さっきからずっと気になっていたものがあるの、あそこのチーズのいい匂いがする出店なんだけど」

私が指さす先には、大鍋で溶かしたチーズを野菜にかけた皿を配る行列があった。アッシュは笑って答えた。

「わかったよ、じゃあ行こうか」

——そのとき。

舞台の上に、ぞろぞろと綺麗な女の人たちがたくさんやってきた。

右手のほうから男性も集まってくる。人々が一際歓声を上げた。

突然沸き上がった場に驚いて、私はアッシュに尋ねた。

「何が起こるの？」

「披露宴だよ」

「みんなで？　一緒に？　結婚式じゃなくて？」

五月雨《さみだれ》式に質問を投げかける私に、アッシュは丁寧に答えた。

「豊穣を祝う花の季節に、この一年で結婚した夫婦が一斉にお披露目をするんだ。……この国は出稼ぎに行く人も多いし、気候も厳しい。家と家の繋がりは時期を待つくらいなら早いほうがいい。だから結婚式は簡素に食事会で済ませる。代わりに披露宴は豪勢にやる。この国の一番気候が良くて、みんなが集まるこの祭りで」

花嫁は花冠をして、真っ白な刺繍のドレスを纏って男性と手をとる。

楽器の音色と、歌声と拍手と人々が撒《ま》く花のシャワーで、とても賑やかだ。

「素敵……」

私は無意識につぶやいていた。

「幸せそう。みんなに祝福されて、今日を迎えられて……」

翻る裾、舞い散る花。みんなに祝福されて、幸せな未来を期待されて踊る二人。

観客席でも家族や友達が喜んでいる。

男性陣が肩を組んで歌い、女性たちも目を潤ませて拍手をしている。幸福だった。

――私は舞台で見たハッピーエンドを思い出す。

悪女は恋人である暗殺者に殺されて美しく舞台から消えた。

あの後、主人公の二人はどんな風に、ロマンティックなハッピーエンドを迎えただろうか。

もう遠くて、思い出せない。自然と記憶からこぼれ落ちてしまったのかもしれない。

――ハッピーエンドの先の幸福な未来なんて、昔の私には関係のないことだったから。

永遠に続くような華やかなダンスも終わりを迎える。

人々が捌けた時、拍手の手を下ろすと、こちらを見ているアッシュと目が合った。

「どうしたの？」

アッシュは微笑んだ。綺麗な微笑だった。朝日を浴びて輝く新雪のような銀髪に長い睫毛《まつげ》。空と湖と海と、一番澄んだ水の色をすくい取ったようなアクアマリンの瞳。華やかに着飾ったアッシュは、まるで夢のように綺麗で。

私の頬に手を触れる。そのざらついた指先が触れたところが熱くなっていく気がする。

吸い込まれるように、私はアッシュから目を逸らせない。

「……ありがとう、キサラ。一緒にいてくれて」

「アッシュ……」

「来年は、あんたをこの式に連れてきたい。……嫌か？」

頬を染めて首をかしげてくるアッシュに、私はすぐに首を横に振った。

「とんでもないわ。ぜひ参加したいわ。あなたにちゃんと晴れ舞台に立ってほしいもの」

アッシュは嬉しそうに声を上げて笑う。

「ほんと、あんた花婿みたいなこと言うんだな」

「だってしょうがないじゃない。あなたが日の当たるところで笑ってる姿を見たいのだから」

場の空気が次の催し物へと切り替わっていく。

——そのとき。

男性の大声が、場の空気を一変させた。

「火事だ！　火が、花置き場から、火が出てるぞ！」

声のする方角を見ると、丘の上の小屋が燃えていた。

黒い煙が花を燃やし、その火の粉が風に煽られ風下の広場の方まで降ってきている。

女性の悲鳴、子どもの泣き声。場は突如慌ただしい消火作業に入る。

アッシュが顔色を変え、私を振り返った。

「キサラはこの近くにいてくれ。俺は行ってくる」

「気をつけてね」

私はアッシュを見送ると、邪魔にならない場所まで退いて、近くに逃げ遅れやはぐれた子どもや老人がいないか探す。家族で集まっていた人たちがほとんどのようなので、大丈夫そうだ。

ふと、私に後ろから女の人が声をかけてきた。

「人混みで転倒した人がいて、怪我人を運んでいます。手伝ってください」

「わかったわ」

私は彼女に導かれ、人の波から離れた方向へと急ぐ。彼女が連れていくのは、色々木箱が重ねられた倉庫のようなところだ。

火の手もなければ人の気配もない。

私はふと、彼女が上衣を着ていないのに気づいた。

ヴィルカス人は男女ともに、スカートやズボン、ブラウスやシャツの上から所属州を色で示す上衣を着ている。ユーリフェリス家の人や私が青い衣を着ているように。彼女は生成りのワンピースを纏っているだけだ。焼けたのだろうか、着替えの途中だったのだろうか。

私は直感的におかしい、と思った。

「まって。あなたはどこの州の方?」

彼女は私をちら、と振り返る。先ほどまでの深刻そうな表情が消え、不気味な無表情へと変貌している。私の質問にも答えない――確信した。彼女は怪しい。

「私、アッシュに待っていてって言われたの。さっきの場所に戻るわ」

迂闊だった。

私はすぐに踵を返す。

しかし角を曲がろうとしたところで、目の前に別の人物が立ちはだかっていた。

「……ッ……!」

ビナリッダ・デリアだ。

「終わりよ。あなたも、アッシュも――なにもかも」

その次の瞬間、私は頭に強い衝撃を受け、意識を失った。

――燃えたのは州の道具が納められた倉庫だけだった。

煙と火の粉は激しかったものの、魔術を使える者が集まっていたのですぐに火は消し止められた。豊穣祭典では難燃の魔術をかけた資材を多く使ってあるので、これだけ燃えることも珍しい。

州の担当者は泣きそうな顔をしていた。

火事自体はたいしたことがなかったものの、ローインズ集落の惨劇を思い出した人も多く、人々は燃えた倉庫の前で青ざめ動揺を隠せないでいる。

アッシュはよく通るように声を張り、周りに訴えた。

「これから俺が担当者と一緒に見回りをする。皆はまず落ち着いて欲しい」

出店の女性に冷たい蜂蜜水を振る舞うように頼んで、担当者や手が空いている者を引き連れ、辺りを見回ることにした。

倉庫から離れる前に、アッシュは後ろを振り返った。

なぜかデリア家の若い男が、こちらの動向にちょろちょろとついてきていたからだ。

「お前もビナリッダのところに戻れ」

「へへ、すみません。でも魔術師として一緒に火事の対策にあたれと言われたもので」

「……」

妙な挙動の男だが、火薬の匂いもしていないし、嘘を言っている気配もない。犯人ではないだろうが、妙な男だ。

しかし魔術師としてついてくると言われるので、それ以上は追い返さず一緒に他の倉庫の確認へと向かう。アッシュは歩きながら溜息をついた。

まだ心臓が嫌な跳ね方をしている。故郷が燃えた心の傷は、未だに癒えてはいないらしい。

倉庫を回りながら、アッシュは後ろの魔術師に尋ねた。

「そういえば倉庫の見回り担当の魔術師は誰だ？」

「え、ええと……魔術師もなかなか手が追いついてなくて……手薄になっていたのかもしれません」

「魔術師の職務怠慢か？」

「い、いえそんなことは」

口が滑ったとはいえ、手が追いつかないことを平然と言い訳にする神経に呆れる。

火に対して過敏な者が多いのは、元々知っていることだろうに。

魔術師協会に一言言っておかなければならないなと、そう思ったところで思考に電流が走る。

——火に対して、過敏な者が多い？

「……」

「子、子息？」

足を止めたアッシュに、魔術師がおどおどと問いかける。

——すぐに消し止められる程度のボヤ。

——過剰に反応し、逃げ惑う人々。

――魔術師の職務怠慢。

怪しい、と思った。

アッシュはついてきていたローインズ集落の同胞に声をかける。

「あとは兄さんたちに任せたい、至急確認することがある」

「承知いたしました、子息」

アッシュは駆け出す。後ろから大慌てで魔術師がついてくる。

「し、子息、いったいどうしたんですか？」

その慌てた様子に、アッシュは確信を持つ。アッシュはくるっと振り返って厳しく問うた。

「あんた、なぜこっちに来る？」

「え」

「あんたはさっき言っただろ？　魔術師として一緒に火事の対策にあたるよう命じられた、と。なぜ、俺についてくるんだ？」

魔術師の顔色がさっと青ざめる。その変化をアッシュは見逃さなかった。

そのとき。悲痛な少女の叫び声が聞こえた。フレイヤの声だ。

スカートを食むスノウを小脇に抱えたまま、真っ青に青ざめて声を張り上げる。

「兄様！　兄様どうしよう！　リヤがいないの！」

悲痛な妹の言葉に、足下から冷えてくる感覚がする。

心臓が止まったようだ。

「リヤは火を見ると体が強張るの、どこにも動けなくなるの。火事に巻き込まれてしまったのかも

「……！」

「……嘘だろ」

隣で、デリアの魔術師が青ざめてがたがたと震えていた。


泣きじゃくる声で、私は目を覚ました。

ゆらゆらとゆりかごのように揺れる床。顔を照らす眩しい満月の月明かり。詰め込まれた木箱の隙間から入り込んでくる光だ。

私はスカートを捲《めく》り、そっと太腿を探る。そこにはアッシュに「もしものため」ともらっていたナイフがあった。よかった、とホッとする。使い方はすでに教えてもらっている。私は部屋に泣き声以外の何もないことを確認すると、内側から梃子《てこ》の原理で、木箱の蓋を思いっきり外した。

すぐに体を木箱から出して、泣き声が聞こえてくる木箱を探す。

「もう大丈夫よ。私がいるわ」

「キサラ……か……？」

「ええ。キサラよ」

私は木箱を開ける。中から、リヤが飛び出してきた。

「キサラ……キサラあああ……！」

飛びついてくるリヤ。私は抱きしめ、しぃと静かにするように示す。

リヤを胸に抱きしめながら、私は状況を確認した。

木箱には豊穣祭典で見覚えがある。どうやら私たちは船にいて、既に出航しているようだ。

ヴィルカスの港は知る限り一つしかない。

月の方角と高さから時間を想像する。おそらく、今は真夜中だ。

明日の朝には一旦あの島に寄港するだろう。逃げる隙《すき》があるとすれば、きっとそのときだけだ。

リヤの涙が落ち着いてきた。私は顔を見て、にっこりと微笑む。

「お腹すいた？　ちょうどビスケットがあるの。あげるわね」

私はポケットを探り、リヤに渡す。リヤは涙を擦って、美味しそうに食べた。

たった数枚しか入れていなかったことを後悔する。もっと食べさせてあげたいのに。

私は努めて明るく振る舞った。

「びっくりしたわよね。私もびっくりしているの。でもリヤがそばにいるから安心しちゃった」

「ほんと……？」

「ええ。本当よ」

ビスケットを食べ終わると、リヤは泣き止んでいた。目元を拭い、きゅっと唇を引き結ぶ。

「キサラ。もうだいじょうぶだ。ぼくがいるからこわくないぞ」

「ありがとう。とっても心強いわ」

未来の州議長候補らしい態度を見せるリヤを、私は素直に尊敬する。

人の上に立つ者としての自覚を、既に持っているリヤは偉い。

「じゃあお願いがあるの、リヤ。寒いからここで風邪を引かないように、私にくっついていてくれないかしら？」

「でも、よめいりまえのむすめに、だんしはくっついてはいけないのではないか？」

その方向でためらわれるとは思わなかった。私は少し考え、言い方を変えた。

「私、アッシュの相棒《パートナー》だから家族のようなものよ。そう思ってくっついてくれるとありがたいのだけど……」

リヤは目をしばたたかせる。

「そうか、かぞくか。ねえさまのようなものだな、キサラは」

「ええ」

彼は納得したらしく、私の腕の中に入ってくれる。冷えた体を包み込むように抱きしめ、私は気を強く持つ。

――守らなければ。ヴィルカスのためにも、アッシュのためにも大切な彼を。

私は深呼吸をして状況把握に努めた。

――犯人は豊穣祭典に乗じて、私たちを攫《さら》ってどうするのだろう。

目的は？

少なくとも、ただの人攫いではないだろう。

あの豊穣祭典の参加者のほとんどはヴィルカス人だ。外国からの行商人もわずかにいたけれど、彼らは余所者として厳しく管理されていたようだし違うだろう。

ならば犯人はおそらくヴィルカス人。

ヴィルカス人ならば、リヤがどんな存在なのか知っている。

この子が消えることでヴィルカスはまた混乱に陥るのは明白だ。

だったら、どうして。

私はヒヤリと、汗が落ちるのを覚える。

――もしかして、私が彼を攫ったということにしたいのだろうか。

私は誰もが憎む、王国の女だ。

王国女の私がリヤを攫う。ヴィルカスの人々にとっては最もしっくりくる答えだろう。

私が身を寄せるユーリフェリス家は批判にさらされるだろう。

今回の件を利用して、破滅させるつもりなのだ。

「……」

思わず顔を見つめた私に、リヤは首をかしげる。

「どうした?」

「なんでもないわ」

最悪、リヤの身柄が最も危ない。

リヤがいなくなれば、シルネだけが次期州議長候補となる。

想像でしかないけれど、男児のリヤよりも女児のシルネからの方が、州議長の地位を奪いやすいのかもしれない。だからリヤの方が狙われたのだ。

フレイヤも、リヤもシルネも、お手伝いに来るご親戚の方々も顔を合わせたことのないご親戚も、州議長代理のご家族も、家畜もヤギも、全部。なんとしてもアッシュに理不尽な別離を味わわせたくない！

深呼吸し、私は船室を見まわした。

船室に見張りはひとりもいない。

非力な女と子ども一人、木箱すら脱出できるとは思っていなかったのだろう。ナイフさえ奪われていなかったのだから、侮《あなど》ってくれたことが助けになりそうだ。

私はリヤの体温がもどったところで少し離れ、他の木箱も開いて中のものを確認する。

折り畳まれた刺繍入りの布がたくさん収められていた。その端に刺繍された名前を見てゾッとする。

——デリアの名が、そこには並んでいた。

誰が攫ったのかわかったなら、次はこの派手な装束をなんとかしなければ。

私は裁縫セットをポケットから出し、普段着の上から縫い付けられたレースや飾りを外していく。

突貫で飾り立てられた装飾はあっという間に外すことができた。

リヤを見る。リヤはどう見ても華やかな晴れ着だ。

「リヤ。服を作りましょう」

「ふく?」

「そうよ。これから大冒険をするから、その綺麗な衣装を汚さないためにね」

そして木箱から引っ張り出した布地を、遠慮なくざくざくと切っていく。そして糸の色をそろえる余裕もない、乱暴なぐしぬいで、リヤの体に布を当てながら簡易的な服を作る。

派手な上衣を脱いで、下に纏ったシャツやパンツの華やかさを隠すにはこれで十分だ。

「すごいな。キサラはさいほうができないときいていたが、まじゅつみたいだ」

どこで裁縫ができないと聞いていたのかは考えないようにする。

ともあれ、リヤが目を輝かせて楽しそうにしてくれてほっとした。

窓から差し込む月明かりのおかげで十分に作業ができた。

「これで……なんとか、普通の子どもに見えるわね……」

よく見たら酷いありさまだけど、突貫でジャケットのような、ヴィルカスの上衣のようなよくわからない上着を作ることができた。子どもだからなんとかなるだろう。

続いて、私はリヤの髪を見る。

「銀髪の子どもがいたら、すぐにリヤだとばれてしまうわね……」

ヴィルカスで目立っていたのは黒髪の私だけど、銀髪の彼はヴィルカスの外ではよく目立つ。

「リヤはまだ髪の色を変える魔術は、使えないのよね？」

リヤは残念そうに頷く。

「ああ。ぼくはまだこどもだから。こどもでませきをつかうと、おとなになってまじゅつがつかえなくなるって、いわれてるから。でもね。ほらここ」

リヤは胸の銀のブローチを指して笑顔になる。鳥が木の実を啄《ついば》んでいるデザインで、その木の実が輝いている。

「魔石だわ……」

「おまもりとしてもっているのはかまわないんだ。これはぼくが、かわでひろったませきだよ」

「そうなの！　とっても綺麗なものを拾ったのね」

ふふん、と彼は自慢げに笑う。

今回の誘拐は営利目的ではない。よって魔石も彼から奪われなかったのだろう。

私は魔石を見つめてじっと考え、リヤに思い切って聞いてみた。

「ねえ、その魔石――私が使ってもいいかしら？」

リヤは目をぱちぱちと瞬かせる。

「キサラはおうこくのひとではないのか？　ませきはつかえないぞ」

「……使えるかもしれないの。私のお母様は、イヴォーリテという、ローインズ集落のお隣の集落の人だから」

「そうなのか……おとなりさんなのか？」

「ええ。国が違っていても、国境は繋がっているでしょう？　国を超えて家族になっている人もいて、私のご先祖様のどこかにヴィルカス人がいるのは確かなの。きっと遠い昔、国境で出会って、家族になった王国人とヴィルカス人の夫婦がいたのね」

「かぞくに……」

「ええ。イヴォーリテにある女神像と、ローインズ集落の女神像って少し似ているのよ。国境って、大人の偉い人の事情でつくられるものだけど……もしかしたら、イヴォーリテやローインズ集落で暮らしていた人々にとっては、国境というものは曖昧だったのかもね」

「それって……ヤギがさくでわけられていても、さくのこっちとあっちで、ヤギがなかよくしているのとにているな」

「そうね」

私は微笑んで頷いた。

「ヤギのおうちが違うのは飼い主の人間の都合だけど、それでも違うおうちのヤギ同士でも仲良くなったり、家族になることもあるわ」

「……キサラ」

リヤは覚悟を決めた様子で、スッと私にブローチを差し出した。

「つかってほしい。ぼくのかみのいろをかえて」

「ありがとう！」

「つかいかたはね、はりがついてるから、それでちをだして。ちくっとするくらいでいいから。まじゅつをつかうときはおとなはそうしているよ」

なるほど、と思う。

アッシュもフレイヤもピアスで魔石を持っていたけれど、そういうことなのだ。

もしかして『女神の右目』も、私の血を浴びて発動していたのかもしれない。

私はありがたくブローチを受け取り、リヤに尋ねる。

「ありがとう。……髪の色を変える方法、知ってる？」

「女神様にお願いするんだ、心の中で。言い方よりも、強くはっきりとお願いするのが大事なんだって」

「やってみるわ」

私は少し考え、小指の腹にぷすりと針を刺す。

ブローチ用の針は痛い。ぷくりと血の玉ができたところで、私はブローチを握って目を閉じた。

あのアッシュと出会った日、話をしたあの女性の声を思い出す――。

気づけば景色が真っ白になっていた。

「あ……」

その真っ白な景色に目をこらし、私はそこが、イヴォーリテの墓場だと気づいた。

女神像が建っていた石台の上で、足を組んだ女性が片肘をついて私を見下ろしている。

銀髪を雪風になびかせ、愛おしそうに目を細める美貌の女性。

「久しぶりだな、翻弄《ほんろう》されし娘よ」

「女神様……」

私は膝をついて、彼女を見上げて祈った。

「お願い、力を貸して。リヤを守るために一時的に髪色を変えてあげたいの」

「そうか。それは容易いご用だ。私としても我が銀狼《ヴィルカス》の幼子を守るのは本意である、しかしそれとは別に――」

女神様は、私を見て目を細めた。

「お前の髪を銀に染めてやることもできる。今すぐではない、銀狼の地に住まうのであれば、永遠にだ」

「……そんなことができるの？」

「左様《さよう》。お前は銀狼の血を薄く引く。その血に作用すれば、できる」

私は少し俯いたのち、首を横に振った。

「いらないわ。私はこの姿のまま生きたい」

「そうか？　悩みが一つ消えるぞ？」

女神は微笑んで首をかしげる。

「一人異分子の烏《からす》であることをやめ、銀髪になり、魔石を扱えれば、お前も銀狼の土地で生きていけるぞ」

私は一瞬だけ迷った。けれどやはり、強く首を横に振る。

「……見た目だけの問題ではないわ。私はどこまで偽っても、キサラ・アーネストであることに変わりない。それならばなまじ見た目を変えるより、異質だとはっきりわかったほうが、お互いのためだわ」

それに、と私は髪を撫でて続ける。

「黒髪は母が残してくれたもので、私と母の絆でもあるの。それに……アッシュが褒めてくれるから。……綺麗な髪だって。それなら、このままでいたいの」

「汝《なんじ》が求めぬならば、私もそれ以上は言わぬ」

姿の見えない女神様は、微笑んだ気がした。


——私はまた再び、先ほどの景色に座っていた。

どうすれば魔術を扱えるのか、理屈ではなく本能でわかる。

私は手のひらに魔力をこめ、リヤの頭をそっと撫でる。

淡い光を発光して、彼の髪が黒髪に変わるのが見えた。

「……できた……」

私は次に、自分の髪を撫でる。

私の髪は黒髪から茶褐色になったと思う。暗がりだけど、そんな手ごたえを感じた。

「ほんとうだったんだ。キサラは……やっぱりヴィルカスのちをひいているんだ……」

目の前でほうけるリヤ。

私は笑顔を作った。

「さ、港に着いたら忙しいわよ。一緒に脱出して、安全な場所に逃げなくちゃ」

「うん！」

リヤは強く頷く。

そうして私たちは朝を待った。


祭りから一夜明け、早朝。

俺たちは一晩中捜索をしたが、リヤとキサラの姿は消えたままだった。

華やかな祭り会場になっていた広場は、捜索に当たる人々の会議場となっていた。

シルネは泣き疲れて一旦州議長代理の屋敷で休んでいる。

一晩中探し続けたフレイヤは、憔悴《しょうすい》した顔をしていた。

人々は朝から声を張り上げて訴えていた。

「女と子どもの足で、首都から逃げるなんてできないだろう。そもそも土地勘もない非力な女だ」

「森も荒れていない。獣に食われたというのも考えにくい」

「迷子でもない、逃亡でもないとすれば、一体……」

「いいえ。皆さん。あの女が攫ったのです」

はっきりとした女の声が、人々を黙らせる。

一歩、ビナリッダが人の輪の中心に踏み出してくる。

辺りを見回し、たっぷりと人々の注目を浴びた上で、ビナリッダは俺を杖で指した。

「アッシュ・ユーリフェリス・クレスタ。あなたが『悪女』と共謀し、リヤを攫わせたのよ」

「な……」

あまりに突然の言いがかりに、俺は言葉を失う。

人々の視線を一身に浴びたこちらに向かって、ビナリッダは勝ち誇ったように続ける。

「あなたが復讐の穢れに手を染めている間に、あなたは州議長候補の立場を追われた。次期州議長代理は叔父のものになり、後継者候補も幼いリヤとなった。それを逆恨みしたあなたは『悪女』と共謀し、リヤを攫って己が再び後継者候補になろうとしているのよ！」

興奮気味に叫び、そしてすっと声のトーンを落とす。

静まりかえった場で、ゆっくりと、ビナリッダは微笑みながら告げた。

「キサラという、同じ復讐者同士——手を組んで」

人々がざわめく。

「同じ復讐者……？」

「どういうことだ……？」

ビナリッダは首を回して人々に視線を向け、堂々と言う。

「皆だまされているのよ。キサラという名はヴィルカスでは珍しくない名前。私の親戚にも何人もいるわ。けれど実は、王国では珍しい名前なの。……王国で最も有名で、世間を賑わせた『悪女』もなぜか……キサラという珍しい名前なの」

こいつがキサラの正体を知っているわけがない。確実にかまをかけてきている。しかしどんな暴論だとしても、場の空気を掴んだものが正義となる。

俺は指の先から冷えていく感覚がした。

こちらの顔色を見て気をよくしたビナリッダ・デリアは、朗々と声を張り上げた。

「リヤは誘拐されたの。キサラ・アーネスト……村を焼いた張本人、アーネスト公爵の娘によって。アーネスト公爵はすでに処刑されている。キサラ・アーネストの目的はヴィルカスへの復讐。父を処刑台に追いやったことの逆恨みよ。そしてあの『悪女』の言葉に――愚かにもアッシュ・ユーリフェリス・クレスタは乗ってしまったのよ」

「……嘘よ」

隣で妹が力なく呟く。涙の跡もすっかり乾いている。

一人。また一人と、こちらに視線が集まる。まるでたくさんの眼差しに射抜かれるようだ。

疑念、衝撃、落胆、憤怒。様々な負の感情が、一身に浴びせられる。

ビナリッダが笑う。

俺は生唾を嚥下した。

この場の空気を逆転させる秘策はある。だが祭りの準備期間のあいだの情報は、俺にはまだ届けられていない。神に祈るような思いで俺は叔父の顔を見た。

叔父は落ち着き払った様子でこちらを見て頷いた。呼吸ができた気がした。

――そうか、うまくいったか。

俺は冷静さを取り戻し、フレイヤの肩を叩いた。

「兄様？」

「大丈夫だ。キサラを信じろ。あいつがリヤに危害を加える訳がないのは、俺たちが一番よく知ってるはずだ」

そして一歩前に踏み出した。

「ビナリッダ・デリア。仮にキサラがキサラ・アーネストだとして、その証拠はあるのか」

「証拠？　あら、おかしなことを言うのね？」

はぐらかした。証拠はないのだ。

俺は確信した。正直なところ、彼女をキサラ・アーネストだと示す証拠はいくらでも挙げられる。

年齢、髪色、瞳の色。あのアーネスト公爵の娘なのだから、アーネスト公爵の顔を見たことがあるヴィルカス人を捕まえて彼女の顔を見せれば、何かしらの特徴の一致を挙げられるだろう。しかしそれすら彼女は提示できない。

ビナリッダに微笑んでやる。彼女は気味が悪いものを見たとばかりにたじろいだ。

「では、仮に彼女がキサラ・アーネストだと仮定して話を進める」

「なっ……認めるというの⁉」

「証明できない話に時間を取れる状況ではない。その話がしたければ、また後で」

「っ……」

さらりと認めるとは思わなかったのだろう。

彼女は明らかに二の句が継げなくなる。

俺が周りを見回すと、一斉に人々が静まり返った。刺すような視線の色が変わっている。

場の空気を掌握する。それに今は、集中すると決めた。

俺は叔父へと目を向けた。

「クレスタ州議長代理。質問をよろしいでしょうか？」

「許可する」

「彼女がキサラ・アーネストだった場合、私には幾つか懸念があります。現在クレスタ州は王国議会と賠償裁判をしている最中ですね？　現状として王国はアーネスト公爵と彼の家族の罪を全面的に認め、クレスタ州侵攻に対する損害賠償に応じる構えだと」

それが何の関係があるの、と言いたげな顔でビナリッダが眉を寄せる。

俺はビナリッダの表情に気づかないふりをして続けた。

「かの国では革命裁判により、多数の貴族が裁かれていると伺っております。かの『悪女』キサラ・アーネストは断罪されたのでしょうか」

州議長代理はあくまで淡々と、感情を窺わせない口ぶりで回答した。

「されていない。それどころか現在は他の裁判において間接的に、彼女の罪と言われていたものの殆《ほとん》どは捏造《ねつぞう》もしくは虚偽と証明されている。またエイゼリア女王政府とイムリシア王国ロンベル公爵家、そして数多《あまた》の庶民からの証言と資料が集められ、名誉回復運動が起きている」

ざわ、と人々がざわつく。そこまで進んでいたかと状況に手応えを感じつつ、俺は平静を装いながら続ける。

「名誉回復運動まで起きているのですか？　詳しくお聞かせください」

州議長代理は頷くと、俺だけでなくその場にいる者、全体に聞こえる声量で続けた。

「キサラ・アーネスト公爵令嬢はメイドに産ませた妾腹《しょうふく》で、その母はイムリシア王国北端イヴォーリテのグノーシュ家の娘だった」

イヴォーリテの地名に一部の人々がざわめく。

交易を通じて親しくしていたヴィルカス人も多い土地だ。

「情報によると、彼女は王太子との婚姻のために公爵家に引き取られて、王太子とアーネスト公爵一家から日常的な虐待を受けていたと証言されている。また彼女はヴィルカス侵攻を非難する立場を取り、実際に彼女に助けられた同胞の証言もある。国内で『悪女』の誹りを受けながらも献身的にヴィルカス連邦のために国内外に働きかけていたようだ。そして現在、彼女が『悪女』と言われるようになった数々の暴露がきっかけで、王国の戦争犯罪の重要な証拠が出ている」

その時。示し合わせたように。その場にいた他の州議長たちが一歩前に出る。代表として一人が、片手を挙げて宣言する。

「クレスタ州議長代理が発言した証拠資料について、我々も確認を取っている。正式な情報だ」

「……ということは？」

俺は意図的に人々の意識を引き付けるように、州議長代理の言葉を引き出す。

「キサラ・アーネストに罪はない。むしろ彼女の行動により、全面的に我が国に有利な損害賠償を引き出せる見込みだ。あのキサラが本当にキサラ・アーネストであるならば、断罪など言語道断。丁重なもてなしをするべき相手だ」

人々はしんと静まり返っていた。そしてぽつぽつと、小さなつぶやきが聞こえる。

「つまり……キサラ・アーネストは俺たちの味方だってことか……？」

「そういう娘だったからこそ……虐待されていたの……？」

「『悪女』なら国内でも嫌われて処刑されているはずだ、それがないってことは……」

「彼女は……悪くなかった……だと……？」

戸惑いと衝撃が広がっているものの、少なくとも叔父の言葉を疑い反発する雰囲気は皆無だ。

——州議長選挙を前にした重要な時期に、キサラをヴィルカスで保護するように訴えた理由。

勿論キサラを王国の暴徒から守ることが最優先だったが、俺にはもう一つ狙いがあった。

それは貴重なヴィルカスに好意的な王国貴族、キサラ・アーネストを、王国で蔓延《はびこ》る私刑から叔父に保護させるため。

彼女を保護することは、必ず叔父の権勢の強い追い風になると確信していた。

キサラと叔父の立場と、ユーリフェリス家。俺の大切なもの、全てを守るための計画。

最高のシチュエーションで今、ヴィルカスの同胞たちに広めることができたのは、不幸中の幸いだった。

叔父は「これでよかったのだろう」という眼差しをこちらに向けてくる。

俺は表向き、平然とした顔で更に尋ねる。

「州議長代理、もう一つ質問がございます。アーネスト公爵家の爵位は、現在誰が継承しているのでしょうか?」

「アーネスト公爵位の継承権第一位はキサラ・アーネストだ。現在王国は貴族議会さえ無期限休会となった非常事態にあるため、式典を経ずとも彼女が自動的に女公爵の地位にいることになる」

「では我が国は現在、無罪のキサラ・アーネスト女公爵を失踪させた状態なのですね?」

空気がさっと冷えた感覚がした。次の瞬間、甲高い声でビナリッダが叫んだ。

「あ、あの女がキサラ・アーネストだなんて証拠はないじゃない!」

俺はビナリッダを見据えた。

「おかしいな。彼女がキサラ・アーネストである証拠は、お前が持っているんじゃないのか、ビナリッダ・デリア?」

「っ……」

俺は彼女に一歩近づく。人々の注目が自分たちに集まり、そして青ざめたデリア家の人々もまた衆目に晒される。更に一歩近づき、手のひらを上にして促すポーズをする。

「証拠があるなら今すぐ出してくれ。これは深刻な外交問題になりかねない。無罪のキサラ・アーネスト女公爵を我が国で丁重に扱わず、あろうことか失踪させてしまったのだとしたら――我が国に有利な賠償金裁判が覆《くつがえ》る可能性がある」

ざわ、と人びとがざわつき、ビナリッダに集められた注目が、また尖ったものになる。

「さあ。答えてくれ。彼女がキサラ・アーネスト女公爵である証拠があるなら」

「私……は……」

ビナリッダは何歩か引き下がる。

彼女の味方だったはずのデリア家の連中は、全員彼女から目を逸らし、身を固くしている。哀れな状態だなと思う。彼女の暴走を止めるつもりもなかったのだ。

——もしかしたら。

彼女が暴走してうまく自滅してくれたら、当主の座を奪えるとでも思っているのかもしれない。

愚かな。

このまま、これだけの騒ぎを起こしたデリア家がそのままで存続できるわけがないのに。

静寂を破るように、ビナリッダがどんと杖で地面を叩いた。

そして壊れたように、彼女は大声で高笑いをした。

「あははははは！　何を言っているの？　無実？　裁判？　そんなものよりもまず、この国に王国の女を入れているユーリフェリス家がおかしいのよ！　みんな嫌だったでしょう？　ねえ？　王国の女が我が物顔で、呑気な顔で、私たちの祭りで着飾って笑っていた姿を？　祭りを穢したのよ、あの女は！　女神様が許すわけがないわ」

人々のざらついた感情を煽り、己に有利に持って行こうとするビナリッダ。

「穢しているのはあんたよ、ビナリッダ」

その空気を変えたのは、フレイヤの一声だった。

「……あの女は確かにいけすかないし腹が立つわ。兄様と幸せそうにしてると、私は寂しくなるのよ。……でも、だからって正式に州議長代理に呼ばれて私たちの国に訪れてくれた彼女は、どんなに嫌いだとしても客人よ。その客を誘って、いじめて、酷い目に遭わせるのが女神に愛された私たちのやることなの？」

フレイヤの声は震えていた。

人々は静まり返る。皆、フレイヤがどんな人生を歩んできたのか知っている。

幸福に生まれ育ち、母をそして村を、親兄弟を失い。兄《アッシュ》が復讐者になり。弟妹たちを養子に出すことになって――ひとりぼっちで、ユーリフェリス家を守ってきた。

彼女の言葉は空気を痺れさせる。

決して大きくない声なのに、この場にいる人々は皆彼女の言葉に深く胸を打たれていた。

「女神様は復讐を良しとしないわ。それは我が国を守るため、憎しみではなく隣人愛と外交で切り抜けなさいという意味ではないの？　私たちの恨みは兄が全て背負ってくれたじゃない。そしても
し……彼女が、キサラ・アーネストならば」

フレイヤは深呼吸をして、続けた。

「彼女は父親の罪を償うために、破壊された両国の絆を結ぶために来たのではないの？　……私はヴィルカス《女神に愛されし》の女として、彼女を受け入れたい。正体がなんだとしても。……感情では気に入らないとしても、それが女神様の意思だと思うから」

「私も彼女を受け入れるわ。……キサラはただの馬鹿正直な女の子だったわ」

「私も」

一人、また一人声が上がる。

それはキサラが接する機会の多かった女たちから始まり、次々と広がっていく。

「あの子の翻訳のおかげで資料作りが助かった。最初は知らない単語が多くて大変そうだったが、たくさんメモを書いて覚えてくれてた」

「うちの子が怪我をしたとき、背負って家まで連れてきてくれたわ。それなのに私は怒鳴りつけてしまって……悪かったと思っていたの」

「あの子のおかげで刺繍の販路が広がったんだ」

「もしキサラ・アーネストだったとしても、流石にそれだけで断罪はできないよ」

人々は次々と声をあげる。

ビナリッダは杖を握り締め、言葉を探すようだった。長い髪が頬に張り付いている。

震える唇で言った。

「何なの……何なの……？　女神の意思を勝手に皆で解釈していいと思っているの⁉　デリアの私が、あの女を穢れだと言っているのに……！」

そしてギリッとこちらを睨んだ。

「……やはりあなたが穢れを持ち込んだから……こうなったのよ……」

「ところでさ、ビナリッダ」

「何よ」

「リヤのことだ。今はキサラの欠席裁判をしている時間が惜しい。それともリヤは安全だと知っているのか？」

「っ……⁉」

「知っているから、先ほどから口を開けばキサラキサラ。一言もリヤの心配をしないんだろう？」

俺は淡々と尋ねた。ビナリッダに周囲の視線が突き刺さる。彼女は何も言い返せない。

「ヴィルカスを熟知したお前でも一晩では逃げられない。キサラなら余計に逃げられない。ヴィルカスの土地勘がある男たちが必死に捜索して逃げられない範囲に、土地勘も魔術もない女と子どもがたった二人で、どれだけ逃げられると思う？」

「……それ、は……」

そしてビナリッダの側に立つ男を睨んだ。

「そこのお前。昨晩から俺にずっと付き纏っていただろ？　仮に俺とキサラが怪しいとして……俺がキサラと共謀してるそぶりを見つけたか？　それとも、お目付け役なのに見逃しちまったとでも言うのか？」

「そ、それは……」

顔を青ざめさせて黙り込む。俺は集まった全ての人を見渡した。

「昨晩からキサラとリヤを一番捜索できる人間がいるとしたら俺だ——俺はキサラとリヤの体力も行動力も思考回路も知っているし、リヤにつけた魔石の探知もできるからな。その俺を抑えておけば、二人を攫う成功率は上がる。キサラとリヤは周到に攫われたと考えるのが妥当だ」

ビナリッダが叫ぶ。

「うちの若いのが抑えていたとでも言いたいの⁉」

「結果としてはそうなっている。彼をまず尋問する必要はあるだろう。デリア家の名誉のためにも」

デリア家の者たちは押し黙る。俺は続けて訴えた。

「とにかくこの時間にも二人は危険だ。二人を見つけた上で揉めても遅くはない」

州議長代理は背筋を伸ばし直して話を変える。

「時間稼ぎの間に調べはついた。夜のうちに港から不審な荷物を載せた船が出航していたと報告があった」

場に衝撃が走る。

州議長代理は視線をデリア家へと移した。

「デリア家。あなたたちは村の女神像復旧という名目で銀を大量に仕入れていましたね。その銀を運んだ木箱は、今どこにありますか？」

「祭りの準備で使い終わった」

「それはおかしい。港には同じ箱を使って代わりの積荷が入ったと報告がある」

彼らは青ざめた。フレイヤが叫んだ。

「じゃあ、リヤとキサラは船に⁉」

その時州議長代理が言った。

「アッシュ。馬を用意した。すぐに港に向かってくれ」

「承知いたしました。俺がリヤとキサラを探しに行きます。続きの話は、二人の安全を確保した上でもできるでしょう」

「ああ、頼んだ」

俺が馬に乗ると、見送りにフレイヤとシルネがやってきた。

「気をつけてね、兄様……リヤを……キサラをよろしく」

「任せとけ。俺はちゃんと帰ってくるから」

目を赤くしたフレイヤに、俺はしっかりと笑いかけた。そしてすぐに馬を走らせる。

一刻も早く、二人を助けなければ。


「ぎゃっ!!!」

港に着いて、私は部屋の見張りにやってきた男の顔に火を浴びせた。

間一髪腕で顔を守った彼が怯んだところで、ドア押さえを入れた靴下を振りかぶって殴る。

「うわっ⁉」

「行くわよ、リヤ！」

私はタラップを駆け下り、リヤを抱っこして広い港を全力疾走で走った。

火事場の馬鹿力とはよく言ったもので、私は元気に走ることができた。

早朝の港町の混雑に紛れ、私たちは労働者向けの食堂へと入る。

女たちが固まって食事をしている区画には子どももいて、緊張した様子のリヤの手を繋いで、私はそこでスープとパンをもらい、奥のテーブルに席を取る。

眩しい朝日が遠慮なく奥のテーブルまで入ってくる。眩しさに顔をしかめながら、私たちは朝食を胃に収めた。

リヤは空腹を思い出したのか、もぐもぐとすごい勢いで食べている。

「おいしいぞ、キサラ。このしょくどうはすごいな」

「ええ。喉に詰まらせないようにお水も飲んでね」

「うん」

私はリヤの様子を見て微笑ましく思う。

そして同時に、守らなければならないと強く心に思う。

彼にはこれ以上怖い思いをしてほしくなかった。

食堂を出てすっかり元気になったリヤは、キラキラした目で私を見上げた。

「すごいな、キサラといっしょにいるとわくわくする」

怖がっていないようで、私はほっとしながら笑顔を作った。

「私もよ。一緒に州議長代理のお迎えが来るまで、楽しみましょう！」

逃亡と潜伏なんて怖い言葉を使う必要はない。彼にとって、これが楽しい冒険になればいい。


それから私たちは、島の中をあちこち転々として逃げ回った。

同時に、夜までには居場所を見つけなければならない。

どこに逃げればいいのか、私は悩んでいた。

――しばらく住んでいたイヴォーリテ行きの船に乗る？

けれど王国に戻るのは危険が多すぎる。

実際道沿いの壁に、キサラ・アーネストを捜索する色褪せたビラが残っているのを見かけた。

――じゃあヴィルカス？

けれど誰が敵で誰が味方かわからない状態ですぐに戻るわけにはいかない。

じゃあ他には……？

朝は元気だった私たちも、昼を過ぎ、太陽が落ちる頃には元気をなくしていた。

リヤは押し黙り、グッと唇を噛んで私の手を握っている。

「階段を上って、見晴らしのいい場所に行きましょう。きっと遠くから来るお迎えの船が見えるわ」

私はリヤをだっこして、島の高台まで歩いて行く。路地は常夜灯で明るく照らされていて視界は良好だけど、夜の闇が私を焦らせる。私は気丈に振る舞いつつも消耗していた。

せめて——この子だけでも、守りたい。

抱き上げると、リヤはいつの間にか眠っていた。疲れていたのだろう。

私はリヤに気づかれないようにそっと溜息をつく。そして奮起して、再び路地を登る。

街から健全な雰囲気が消え、だんだん市街地には酒盛りの灯りが広がっていく。

子連れの女はもう歩いていない。

人々が私たちを不思議そうに眺めている。

目立つわけにはいかない。それに歩き続けて、だっこもして、腕がくたくただ。

こっそり路地の裏に滑り込んで休憩する。リヤの体温が今はとてもありがたい。

「お、女か?」

ぎょっとして路地に目を向ける。こちらを、通りすがりの酔客がのぞき込んでいる。

ひゅっと息を呑んだ。まずい。

「おいおい、どうしたんだい二人とも。子どもが歩く時間じゃないぜ」

「誰かを待っているのか？　おじさんたちが一緒に待っていてやろうか」

彼らはニヤニヤと私たちに近づく。私はリヤを抱き上げたまま後ずさる。

ピンチだ。どう、切り抜けようか――。

私は彼らを見て分析する。

ただの酔客。そして身なりはそれなりに綺麗で、肉体労働者ではない。商人だ。

ヴィルカス人の容姿ではない。

そしてこの中継地点に来ているということは、外国人。

どこの外国人か――判断する必要があった。

私は深呼吸をして、笑顔を作って彼らに肩をすくめた。

「さっき迷子になっちゃって。父を探してるんです。フルニエール商会で働いていたんですけど、知ってます？」

私の言葉に、彼らは顔を見合わせる。

「フルニエール商会？　あの男爵はエイゼリアに行ったんじゃなかったか……？」

その言葉に確信した。

彼らは王国の商人だ。私は微笑んだ。

「そうなんです。フルニエール商会で昔働いていたんですが、最近この島で暮らすようになって。同じ黒髪のグリエットという人です。見てませんか？」

「見てないよな」

「ああ」

「そうですか。では……」

「まあ待てよ、お嬢ちゃん」

「ッ……」

私は脇を通り抜けて逃げようとしたが、すぐに呼び止められた。

この酔客は商人だ。

だから同業者の娘だと思わせて余計な手出しをしにくいようにしたつもりなのに。

「なんでしょう?」

「せっかくだからおじさんたちが探してあげるよ。な? おいで?」

腕を掴まれ、リヤが揺れる。私は落とさないようにとっさに腕に力を込める。

顔に怖れが出てしまっているのだろう、すっかり彼らは私たちに絡むつもりのようだ。

酔っ払いたちはニヤニヤと近づいてくる。

だめだ。

シラフで昼間なら、うまくいったかもしれない。

けれど、理性を飛ばした彼らから話術で逃げるなんて難しかったのだ。

どうしよう。

このままではまずい。追っ手に見つかってしまうかも。

いっそ撒くべきか——迷っていると、私に話しかけてくる人がいた。

「おいおい、久しぶりじゃねえか」

「え……もしかしてグレアム?」

声をかけてきたのは、酔客たちより何倍も体格のがっしりとした男性だった。

額《ひたい》の傷が勲章のようにかっこいいグレアムだ。

「嬉しいね、俺を覚えててくれたのかい、嬢ちゃん」

私は一緒にやってきた男性にも見覚えがあった。

「マルコスも！　二人とも無事だったのね」

二人ともヴィルカスの服ではなく、動きやすいシャツにトラウザーズの出で立ちだ。はち切れそうな筋肉と笑顔は、彼らの健康を物語っている。

「皆元気にやっている。あんたのおかげさ」

そして二人は酔客をじろりと見やる。

体格のよいヴィルカス人らに睨まれて、酔客たちはすっかり酔いが覚めた顔をして去って行った。

「もしかして抱いているのは……リヤ様か？」

「そう。助けて欲しいの。今ヴィルカスで大変なことが起きていて」

私の言葉に、彼らは一斉に真顔になる。

「こちらへ。話をきかせてくれ」

「俺たちの雇用主なら信じていい。キサラ嬢もよく知るひとだ」

「私が……よく知る人……？」

マルコスは私からリヤを受け取り、にやりと歯を見せて笑う。隣でグレアムが頷いた。

「子息とリヤ様の一大事なら、こうしちゃいられねえ、急ぐぞ」

私は頼もしい二人に導かれ、駆け足で彼らの拠点へと向かった。

第六章　悪女を脱ぎ捨てる時

「なんてことになってたんだ、ヴィルカスは」

道中駆け足で歩きながら、私はこれまでの状況を説明した。

彼らの顔が青ざめる。真剣な眼差しで、グレアムは私の背中を叩いた。

「よくやってくれた、キサラ嬢。俺たちのリヤ様を守ってくれて感謝する」

マルコスがウインクをしながら続ける。

「女神に誓って、俺らはキサラ嬢を守るぜ。あのときの恩返しだ」

「恩返しと言うな。それを言うならリヤ様を守ってくれたキサラ嬢に我々はむしろ借りが重なった状態だぞ」

「う……ま、まあそうだけど」

二人は仲がよいのだろう。見た目は傷もあって荒っぽく見えるグレアムは意外と落ち着いていて、マルコスは口は荒いけど、情に厚い人なのだと感じる。私は二人に心からの感謝を告げた。

「ありがとう……」

そして。

私たちが案内されたのは港にある商館だった。赤煉瓦《れんが》造りの立派な建物は、煉瓦の積み方と様式ですぐにどこの国のものかわかる。エイゼリアだ。

商館に入るとグレアムとマルコスは使用人に事情を告げる。すぐに使用人は奥へと入る。

「客室を用意してくれるらしい。キサラ嬢は先に休んでくれ」

「リヤは？」

「俺たちが世話をする。大丈夫だ、子息の大切な弟君は大切に扱うよ」

私は彼らに任せると、メイドに案内されるままにお風呂に入り、新しい服を用意される。エイゼリアのワンピースだ。すっきりとした状態で応接間に向かうと、そこにはグレアムがいた。

「リヤ様はマルコスが寝かしつけている。すっかり疲れているのだろう、着替えさせても目覚めなかったよ」

「そう……」

少しの沈黙の後、グレアムが口を開く。

「俺たちは……ヴィルカスに戻りにくくてここにいた。子息に穢れ仕事をさせてしまったことが恥ずかしかったし、どんな顔をして戻れば良いのかわからなくなっていたんだ」

「そうなのね……」

「そしたらキサラと子息に縁があるというエイゼリアの貴族が雇ってくれたんだ」

「貴族って……もしかして」

そのときドアがノックされ、見慣れた美男子がこちらへとやってくる。

紅茶色が華やかな、舞台映えする麗しい美男子。オリバー・デイヴィズ男爵令息だ。

「お久しぶりです、キサラ嬢！」

「お久しぶり、あなたも息災そうで何よりだわ」

私たちは挨拶を交わし、改めてソファに腰を下ろす。オリバーは髪をすっきりとオールバックにして、商人らしい頼もしい雰囲気になっている。俳優を引退しても、美貌にはますます拍車がかかっているようだ。

「話は伺いました。大変だったようですね」

そしていたずらっぽくウインクする。

「それとも、刺激的な毎日は『悪女』としては歓迎だったり？」

「退屈するよりはずっとマシだけど、子どもが巻き込まれる騒動はたくさんよ」

「僕は父の会社を一つ任され、貿易商を営んでいます。クラーラも元気ですよ」

「まあ。それはよかったわ」

「しかしあなたも大変ですね、王国では」

グレアムがごほん、と咳払いして身を乗り出す。

「失礼。しかし今はヴィルカスの緊急事態です。思い出話は後にしちゃあもらえませんかね」

オリバーはグレアムににっこりと笑う。

「問題ないよ。もう既に港には連絡を入れて、怪しいヴィルカスの船とヴィルカス人は押さえている。独自の販路はどうかと持ちかけたら、すぐに言いなりになってくれたからね」

「そ、それは失礼いたしました……」

「ヴィルカスには電信を通じて連絡はしているよ。港にしか電信を置いてくれていないから、首都に連絡が届くまでは時間がかかるだろうけど」

既に手を回してくれていたらしい。グレアムが静かに深く頭を下げる。

「ううん、今は落ち着いていられない気持ちも察するよ」

私はグレアムに言った。

「グレアム。私の代わりにリヤとマルコスと一緒にいてあげて欲しいの。私はオリバーにもう少し話すことがあるから」

「わかりました。では俺はリヤ様とマルコスと一緒に待機しておきます」

「おやすみなさい」

私たちに頭を下げ、グレアムは去って行く。そして私はオリバーに向き直った。

「……さっき、何かを言いかけていたわよね」

「王国の話かい？」

「グレアムの前では、私も聞きにくいものがあるから」

王国で嫌な思いをした経験を持つグレアムの前で王国の話をしたくなかった。

オリバーは座り直すと、真面目な態度で私を見た。

「王国の現状について、どこまで知っていますか？」

「ここ一年ほどの情報は全く知らないわ。潜伏していたイヴォーリテには最新の新聞も届かなかったし、ヴィルカスでは自分でかき集めない限り、王国の情報は一切入らないから」

「なるほど。……じゃあ、キサラ・アーネストにまつわる新展開もあなたは知らないわけですね」

「新展開？」

私はひやりとする。

「もしかして、ついに私の有罪が決まったとか⁉　キサラ・アーネストがヴィルカスにいることが気づかれてしまったとか……⁉」

身を乗り出して尋ねる私に、彼は笑う。

「あなたがそんな態度だと知ったら、きっと皆さん驚きますよ。今のあなたならヴィルカスでも至極丁重に扱われるでしょう。キサラ・アーネストだとばれたとしても」

「ど、どういうことなの……？」

「ふふ……」

彼は唐突に立ち上がり、私に手を差し伸べる。

導かれるままに立ち上がると、彼は背筋を伸ばし、正式な形での辞儀をした。

「実質的爵位継承おめでとうございます。キサラ・アーネスト女公爵」

「……え？」

私は彼が何を言っているのか、意味が理解できなかった。

「まって……私が、公爵？　待って。アーネスト公爵家の爵位は確か……」

タイミングよくちょうど、扉がノックされる。

使用人が入ってきて、愉快そうに微笑みをたたえたままのオリバーに耳打ちする。オリバーは目を細めた。

「悪女には暗殺者がつきものだ。……来たみたいだよ、君の相棒《パートナー》」

「……ッ……！」

反射的に私は立ち上がった。

扉の向こうから誰かがやってくる。

雨に打たれたらしい濡れ髪のアッシュが、そこに立っていた。

疲れているときにこれ以上の話は体に毒だ。

そう言ってオリバーはひとまず今夜は休むように提案してくれた。

濡れたアッシュがお風呂に入っている間に、私はオリバーに王国の現状や最近の社会情勢について聞き、最新の新聞を借りて読ませて貰っていた。

アッシュが部屋にやってくる。長い銀髪を魔術で乾かし、今は片側に寄せて前に流していた。

「……アッシュ」

彼がベッドに腰を下ろすなり、私はその胸に思い切り飛びついた。

「うわっ」

勢いよく突っ込んできた私を受け止めきれず、アッシュは柔らかなベッドに背を沈める。

湯で熱を帯びた固い首筋に頬を押しつけていると、背中をぽん、と優しく叩かれた。

「……熱烈な歓迎、どうも」

顔を上げると、アッシュは少し困ったような、仕方のない子どもを見るようなまなざしで私を見上げていた。見つめたまま右手を上げ、アッシュは私の頬にかかる髪を退《の》けるようにして頬に触れ、耳に髪をかけた。

そして頭を撫でる。

「ああ、キサラだ。会いたかった」

率直に言われると、くすぐったいような気恥ずかしいような、不思議な感覚がする。

アッシュは私に触れながら、優しく尋ねた。

「怪我はないか？」

「ええ。私強いもの」

「そうだな、あんたは強いもんな」

頬をふにふにとされながら言われる。

アッシュの触れ方から遠慮がなくなったような気がする。

触れられるのは好きだけど、なんだか、やっぱり照れてしまう。

恥ずかしがっていると、額をこつんと合わせられる。アッシュは至近距離で微笑んだ。

「強いのは知ってるけど、心配した」

「ごめんなさい」

「謝ることはねえよ」

「じゃあ、心配してくれてありがとう」

「ん」

アッシュは身を起こし、ざっくりと編んだお下げ髪を解いた。私は髪にそっと触れた。

「私に編ませてくれる？」

「ああ。ちょうど頼もうと思ってたんだ」

アッシュはくつろいだ笑みを浮かべ、私に背を向けてくれた。

髪に指を通して、手櫛で三つ編みを編む。

――編みながら、私は攫われてからの顛末を話して聞かせた。

船での出来事、リヤとの逃亡劇。そしてここに保護されるまでの顛末。私がキサラ・アーネストだと知っていてもリヤと一緒にいた私を信じ、親切にしてくれた同胞のみなさんたちのこと。

「木箱に入っていても持ってきているわ。刺繍にはデリア家の方の名前もあるわ」

「そうか。言い逃れの退路を断てそうだな」

「あとは、腕にやけどをした人を探して。その人が誘拐犯の一人よ」

「やけど？」

「私、魔術の使い方を覚えたのよ」

「……はあ⁉」

「ふふん、まあ見てて」

私は一度三つ編みから手を離し、ポケットに隠したブローチを持つ。

指をちくりと指したのち、手のひらから炎を出して見せた。

アッシュのアクアマリンの瞳に、炎の揺らめきが反射した。

「……はは。おいおい……うそだろ……」

炎を前に驚きながら、アッシュは口を覆い考察する。

「そうか。血が薄くても、『女神の右目』を発動できるだけの素養はあったから……」

「リヤの髪も魔術でごまかしていたの。あなたがやっていたように」

「そうか……」

「もう一つ驚くことがあるの。私、なんとアーネスト女公爵らしいのよ」

「知ってたのか」

「知ってたの？　なあんだ」

「あんたの名誉回復がここまでスムーズに運ぶとは思ってなかったけどな」

「……さては、あなた国内で何が起きたのか把握していたわね？」

「話してやるよ」

話の流れのまま、アッシュは私にこれまでの顛末を語って聞かせてくれた。

ビナリッダが私をキサラ・アーネストだと糾弾し、リヤを攫った犯人として欠席裁判で断罪しようとしていたこと。それを逆手に取り、ビナリッダとデリア家を追い詰めたこと。

王国の政治動向について、王国にいた頃から今まで、各方面から情報を集めていたこと。

キサラ・アーネストが女公爵であり、無実が証明されていること。

「積み荷に乗せて二人を攫ったことが判明してすぐ、俺は港に向かった。だからその後の顛末は知らないが――叔父に任せていれば大丈夫だ。あの空気感なら状況が逆転することもない」

「それならいいけれど……」

残してきたフレイヤやシルネが心配だけど、なぜかアッシュは妙に落ち着いていた。

私の懸念を感じ取ったのだろう。アッシュは続けた。

「心配はねえよ。キサラがキサラ・アーネストである証拠はデリア家も掴んでなかったし……何より、もうすでにキサラ・アーネストの無罪は皆に知れ渡っているから」

「……私が、アーネスト女公爵ってことも？」

アッシュは首を横に振る。

「いや、それはまだ確定させてない。キサラは結局誰なのかという件は棚上げした状態で、キサラ・アーネストの無罪が知れ渡ったという感じだ」

「なるほどね……」

「少なくともキサラ・アーネストはヴィルカスにとって有利な情報を暴露し、賠償裁判を有利に導いた無罪の女公爵扱いだ。彼女を無下にするのは道理に反する、という流れに持ち込んだ」

「そうだろうけど……」

三つ編みを毛先まで編み込み、ため息をつく。

裁判で無罪になり、アーネスト女公爵になり。

それだけでも衝撃的だったのだから、まだ全てを飲み込み切れていない。

「あなたがずっとヴィクトーと繋がっていたことも、王国の動向を見計らっていたのも知らなかったわ。どうして教えてくれなかったの」

「あんたは『悪女』の誹りを受けても構わねえって言うと思ったからな。せっかくコソコソ潜伏せず堂々と生きられるチャンスなんだから、あんたが自罰的にふいにしちまわないうちに、話を勝手にまとめさせてもらったよ」

「……私の扱いに長《た》けてらっしゃることで」

「それなりに長い付き合いになったからな、わかるよ」

編み終わった三つ編みをいじっていた私を振り返り、アッシュは目を見て訊ねた。

「キサラはどうしたい？」

「どうって？」

「キサラ・グノーシュとして暮らすか。それともキサラ・アーネストだと打ち明けるか」

「打ち明ける……？」

「ヴィルカスで、あんたが本物のキサラ・アーネストだと明かすかどうかだ。キサラ・アーネストの名誉回復は勝手にさせてもらったが、今の籍はもはやグノーシュ姓だ。今ならどちらの人生も選べる。キサラ・グノーシュか、キサラ・アーネストか」

「……」

「俺としては『悪女』アーネスト公爵令嬢の名誉を回復したかっただけだ。ここからの決断はあんたに任せるよ。キサラ」

私はアッシュの美しいアクアマリンの瞳を見た。

まっすぐできれいな眼差しだった。心から、私のことを思いやってくれていた。

この透き通った人の隣にいるために、私はどんな選択をするべきなのか。

――アッシュをヴィルカスから連れ出し添い遂げる相棒《パートナー》でいられるのか。

「……私はキサラ・アーネストだと正直に明かすわ、アッシュ」

アッシュの目が見開かれる。私は笑顔で続けた。

「キサラ・アーネストとして、みんなに偽りなく告げたい。キサラ・アーネスト《わたし》を信じてくれたのなら尚更よ。嘘をついたまま、あなたをお婿さんにできないわ」

「キサラ……」

「万が一、家名を理由に皆さんに結婚を渋られたとしても、認められるまで頑張るのみよ」

アッシュはしばらく納得しがたいという風に口を真一文字にした末、小さくつぶやく。

「そんなの待てるかよ」

「……そうよね。あなたの人生もあるのだし、別の人と結婚することに」

続きの言葉は、アッシュの唇に遮られた。いつまで続くのかと思うような長いキスの末、アッシュは私を抱き寄せた。遠慮のない、力強い抱擁だった。

腕の中に包み込まれ、私は何を言うつもりだったのかすっかり忘れてしまった。

熱を帯びた真剣な声音で、アッシュは囁いた。

「結婚に誰にも文句は言わせない。二つの国を手玉に取った最高の悪女との結婚なんだ、満場一致の祝福以外は認めない」

アッシュの強い言葉に、私は嬉しくなる。私は彼の顔をのぞき込んだ。

「覚えてる？　何度死に戻《ループ》りしても生きられなかった、無力で世間知らずなばかりだった私を」

「ああ。……あんたは本当に……変わったな」

アッシュが少しだけ身を離し、見つめ合えるだけの空間を作る。

「あなたが私を変えてくれたのよ、アッシュ。『悪女』にしてくれてありがとう」

今私を見つめるアッシュは、暗殺者としての顔を見せていた、王国で潜伏していた相棒《パートナー》時代と違う。ヴィルカスの子息であり兄である顔を見せている時とも違う。

いつの間に、私はアッシュの視線一つで、こんなに緊張するようになってしまったのだろう。

「……あの夜、以来ね？　こうして一緒に過ごすの」

「そうだな」

「なんだか意識しちゃうわ」

私はごまかすように笑おうとした。けれど、アッシュの眼差しに射貫かれて全てが吹き飛ぶ。

引力に負けないように、私は彼に背を向けた。

「わ、私、隣の部屋に行くわね。アッシュと一緒にいるわけにはいかないわ」

立ち上がって、ドアに向かおうとする。けれど。

次の瞬間。くん、と手首が引っ張られ、私は再びアッシュの腕の中に収まっていた。

さっきと違うのは、向かい合った形ではなく、後ろから抱きしめられていること。

アッシュの鼓動が背中に響く。嘘みたいに早鐘を打っていた。

「あ……アッシュ……？」

「今夜も一緒にいてくれ。今までだって、一緒にいただろ」

「で、でも……その……」

「何もしねえよ。まだ全部片付く前だし」

アッシュの声は掠れていた。

「離れないでくれよ、キサラ」

さらに強く抱きしめられた。

視界の端で銀髪がゆらゆらと揺れる。私が編んだ、アッシュの長い髪。

腕に、声に、揺れる髪に。すべてに絡め取られるみたいだと思った。

後ろから、耳に口づける距離でアッシュが囁く。

「ずっと離れてたから。今、あんたから目を離すと……またどっかに消えちまいそうで、怖い」

「アッシュ……」

私はアッシュの腕に手を触れた。それだけで、アッシュが身をこわばらせたのを感じた。

生唾を嚥下する気配と、すぐそばで聞こえる吐息に、めまいがしそうだ。

キスされた時の感覚を思い出すと、もう、何がなんだかわからなくなりそうで。

――しっかりしなくちゃ。

私は深呼吸をして気合いをいれると、アッシュを振り返ってまっすぐに微笑んだ。

「消えないわ。私は絶対に、アッシュの側にいるから」

「……約束だからな」

アッシュは泣きそうな、どこか切ない顔をした。

そして何かを壊すように私の頭をくしゃくしゃと撫でると、いつもの調子を作って「寝るか」と笑った。

私たちは夜を共にした。

――相棒《パートナー》としてずっと一緒にいた頃と、同じ風を装いながら。


「おはようにいさま！　キサラ！　おきて！」

朝、私は元気なリヤの声と、揺れるベッドで目を覚ました。

枕元でベッドをぎしぎしと揺らし、リヤが私たちの顔をのぞき込む。

「おはようリヤ。早いわね」

アッシュは、さっと私と距離を取る。体温が離れた分だけ、ベッドに冷気が入ってきた。

「リヤ。俺たちは……ただ一緒にいただけだからな。一緒にいただけ。余計なこと、後でフレイヤとか州議長代理《おじさん》に言うなよ」

「よけいなことって？　いっしょにねてたこと？」

「それだよ！　ほらほら、忘れろ！」

「ひゃははは、っ！」

アッシュがリヤを捕まえて、ベッドの上でくすぐってかまい倒す。

リヤは嬉しそうにけらけらと笑ってばたばたとひっくり返った。

笑顔で迎えた朝はそのままの元気で朝食を済ませた。


「ではオリバー。これからも取引の件、よろしくね」

「ええ。僕もちょうどヴィルカスの職人に縁故が欲しいと思っていたところでした」

オリバーは私に微笑むと、アッシュに向き直って肩をすくめる。

「ユーリフェリス家の子息だなんて、もっと早く言ってくれればよろしかったのに」

「言う機会なんてなかっただろ」

「そうですね。末永いおつきあいになることを祈ってます、アッシュ様」

オリバーと出会ったついでに、ヴィルカスの商工会とエイゼリアの懐中時計メーカーの商売の企画を立ち上げることに成功した。

転んでもただでは起きない。攫われたって、そのまま帰らない！

というわけで、せっかく島に来てオリバーと会ったのだから「いっそ商談につなげれば？」とアッシュに提案し、いくつかの商談に繋げることにした。

その中でもとっておきなのが、ヴィルカスの職人に、高級な人気商品の生産を発注する話だ。

王国と同じように、エイゼリアでも新興貴族や富裕平民層が厚くなってきている。

彼らは家柄や伝統がなくても手にできる、高級な宝飾品を求めていた。

しかしエイゼリアも階級社会のため、宝石や服装は階級ごとに厳しく規律が決まっている。

そこで懐中時計だ。新しい製品に関して伝統的な決まりごとはない。

――宝石より美しい懐中時計や、実用品として完璧な精度を誇る時計。

何より魔術を用いた加工は、他の国では決して真似のできない精巧な機器を作ることができる。

いずれヴィルカス独自の産業に繋がりそうだし、クレスタ州の復興に必要な収益に繋がるし、また新たな魔術学の発展にもつながる。

使用する魔石についても国内の魔石は温存し、工場用には他国の魔石を輸入することもできる。

応接間にて、あらかたの商談や今後の話が終わった後。

向かいのソファに座る私に、オリバーは「ところで」と話を切り出した。

「もしよければ、アーネスト女公爵にはぜひとも頼みたいことがあるんです」

「何かしら」

「ヴィルカスの外に拠点を置くのなら、最初は是非エイゼリアにお願いしたいのです。僕の妻クラーラもあなたに会いたがっているので」

「よろしいの？　もちろん喜んで！」

そこでアッシュが私に目配せする。私も微笑んで頷いた。

クラーラのコネクションの先には女王陛下がいる。これからヴィルカス連邦の立場の安定のため、アーネスト女公爵という肩書きを、仲介役として上手く利用できる。

堂々と、アッシュと結婚するための大義名分もできるし、私はヴィルカスの国益となる。

まさか攫ったことで上手く話が運ぶなんて、デリア家の人が聞いたら怒りそうな話だ。

その後、私とアッシュはヴィルカスからの迎えの船に乗った。

タラップを前に、アッシュはオリバーに改めて感謝を伝えた。

「ありがとう。世話になった。ヴィルカスに立ち寄ることがあればクレスタ州を訪ねてほしい」

「嬉しいお誘いだね。必ず行くよ。ヴィルカスだけじゃなく、この島やエイゼリア、王国でも長い付き合いができると嬉しいね」

オリバーは握手をして目を細める。

そしてオリバーは私を見た。

「アーネスト女公爵もどうか元気で。女王陛下にも妻を通じて、あなたの無事を伝えておきます」

「ありがとう。またオリバーとも、奥様《クラーラ》とも是非」

手の甲に挨拶のキスをして、オリバーは私たちを見送った。

船に乗り、私たちは再びヴィルカスへと帰る。

次こそ、すべての決着をつけるときだ。

船から港町へと降りたつと、夏のヴィルカスの風が髪を攫う。

潮の匂いと遠くからの草の匂いが感じられるような、湿度の高い空気。王国とは違う風を、深呼吸で深く吸い込む。

オリバーに用意してもらったワンピースを纏って降り立ったので、ますます初めてここに来た時のようだ。

「リヤ！」

「お義父《とう》さま……！」

リヤはすぐに州議長代理に迎えられた。

昨日たくさん泣いてアッシュに甘えたからか、リヤは笑顔で州議長代理の腕の中に飛び込む。

そして大冒険を乗り越えてきた少年らしく、皆の前で誇らしげに胸を張った。

「ぼくはぶじです、しゅうぎちょうだいり。キサラにまもってもらったおかげで、げんきです。キサラにたくさんごほうびあげてください」

「そうか。そうか……本当によく頑張りましたね」

二人は義父と子ではなく、しっかり「州議長代理」と「先代州議長の息子であり、次期州議長候補」の口調で会話をやり直す。

膝をついてリヤの話を聞いていた州議長代理は、まるで本当の生みの父親のようなまなざしでリヤの無事を喜んでいた。普段は厳しい顔をしている彼も、大切な兄の忘れ形見を育てる義父の一面を確かにもっているのだ。

私はじんとした思いでそれを見ていた。

リヤを先に馬車に乗せて帰宅させると、州議長代理はアッシュと私を見た。

「……二人も無事でなによりだ。首尾は？」

先に口を開いたのはアッシュだ。

「誘拐はデリア家の犯行で間違いありません。キサラが証拠を掴んでいます。先日の顛末については、知る範囲で彼女に共有しています」

「わかりました。あとは州議会堂で話をしましょう。旅の直後で慌ただしいが、準備を済ませたらすぐにでもデリア家の断罪に入ります。構いませんね」

「望むところです」

私たちは州議長代理と同じ馬車で、港町から首都へと向かった。

馬車の中で、向かい側に座る州議長代理に私は話を切り出した。

「……少しよろしいでしょうか、州議長代理。先におつたえしておきたいことがございます。断罪の場で明かす前に、先に共有しておいたほうがよいかと」

彼はこちらに目を向ける。私は手のひらを上に向け、告げた。

「私は、魔術をつかえるようになりました」

州議長代理が呆然とした顔をする。その顔は少し、アッシュに似ていた。

議会堂で私はヴィルカスの服に着替えた。

アッシュと同じクレスタ州を示す青い上衣も、木綿の柔らかなブラウスも、すっかり肌になじむようになって嬉しい。

思えば最初は着替えに手間取って、フレイヤに散々怒られていた。

鏡の前で背中のリボンをチェックして、廊下のロビーでアッシュと待ち合わせる。ソファセットの置かれたそこには、フレイヤとリヤ、シルネの姿もあった。

リヤとシルネはアッシュの膝にそれぞれ座っている。二人が元気そうで私は安堵した。

「遅いわよ、キサラ」

「ふふ、ごめんなさい」

「何笑ってるのよ、気持ち悪いんだから」

眉根を寄せたまま、フレイヤは立ち上がって近づく。

「しゃがみなさいよ」

「え、ええ」

フレイヤは私の髪に触れると、髪飾りの角度を微調整する。私は驚いて後ずさった。

「ひゃっ、えっと、フレイヤ?」

「何よ。ゆがんでたから直してやったのに」

「髪の毛触るのって、よくないんじゃないの」

動揺する私に、フレイヤは呆れた風に大げさに肩をすくめてみせた。

「家族でしょうが、私たち」

「……家族……」

「ま、まだ完全に認めたわけじゃないからね。今気を抜いて兄様を悲しませたりしたら、口聞いてあげないんだから」

「……フレイヤぁ……！」

「ちょっ、や、やめてよ！　抱きつかないでよ！　馴れ馴れしいんだから……ッ！　ちょっと！」

抱きついた私に声を裏返してじたばたするフレイヤ。けれど結局振り払わず、大きなため息をついてされるがままでいてくれた。

「おねえさま、わたしもー」

「じゃあぼくも！」

「ちょっ、リヤ、シルネ……ッ！　もー！」

最終的にはされるがままあちこちから抱きしめられ、フレイヤはくすくすと声を上げて笑った。

最後にアッシュが、フレイヤとリヤ、シルネを全員包むように抱きしめる。

フレイヤはいつの間にか目を赤くしていた。

「も、もう……みんな、これからデリア家をぎゃふんと言わせるんでしょうが、こんなことしてる場合じゃないでしょ、もう……！」

私たちはしばらく、じゃれあいながら笑い合っていた。

州議長代理がやってきた。彼は私たち一人一人を見て言った。

「集会場は国民選挙の時と同じように、クレスタ州民代表者と、他州からの立会人が訪れている。その数は数百人以上だ。……彼らの前での断罪、我々は失敗を許されない。旧《ふる》い神官の一族、デリア家を相手とするのだからより一層危険が伴う。……子息。ゆめゆめ、気を抜かれませんように」

州議長代理としての言葉を締めくくったのち、彼は目元をやわらげ、アッシュを見て言った。

「……アッシュ。お前にどうか、女神の加護があることを願っているよ」

「ありがとう」

二人は叔父と甥の距離感で頷きあう。

私は改めて気持ちを引き締めた。守りたい、彼らの幸福を。


集会場は首都の中心部に位置する露天の広場だった。

壇上には椅子と机が用意され、中心部に演壇が用意されている。

主に演説や選挙で使われる場所なのだろう。

ついに、壇上にデリア家がやってきた。

当主ビナリッダ・デリアと、娘に当主を譲ったばかりの五十歳を過ぎたほどの父親、ドリオス・デリアとその親類たちが数人。彼らはクレスタ州の青い衣を覆い隠すように、皆、上から緑の刺繍が施されたマントを羽織っている。

対するユーリフェリス家はいつもと同じ青い上衣の装いのままだが、アッシュは髪をいつもより丁寧にお下げにまとめ上げ、フレイヤは髪に花を添えている。

見下ろすと、観覧席の一番手前でリヤとシルネが、州議長代理夫人と一緒に並んで座っている。

アッシュを見てにこにこと手を振っていて、少し気持ちが和んだ。

「これより先日の夏季例祭の事件について、デリア家に質問を行う」

進行人により儀礼的な挨拶や説明が行われる。少し難解な単語が多くてわからないところも多かったが、おおよそはあくまで「あの日起こったことについてつまびらかにするための席である」という旨《むね》が説明されたようだった。

ヴィルカスではある一定以上の階級の人間を断罪する場合、実際の司法裁判に持ち込む前に国民の前で申し開きをする機会が与えられるらしい。

デリア家は旧い神官の家柄であり、また魔術師を輩出する一族としても名家だ。

そのような特別な家柄には、実際に罪を背負う前に一度、自らけじめをつける機会を持たせるという意味もあるのだろう。早速、壇上で州議長代理が発言した。

「この度の事件は、デリア家によるリヤ・ユーリフェリス・クレスタ、そして王国出身者キサラ・グノーシュ嬢の誘拐目的に起こされたとの疑いがある」

彼は次々と、部下に命じて証拠と資料を人々の前に示していく。

積み荷と一緒に私とリヤを誘拐して国外に送った件。その足取りと使用された船。乗組員、港での証言。壇上に座する彼らは、最初こそふてぶてしい態度を取っていたが、私が人々の前に広げた刺繍を出したとき、明らかに表情が変わった。

私は裏返し、刺繍の施された木綿の隅に縫われた糸の名前を示す。

「ブリス・デリア。こちらはデリア家当主、ビナリッダ様のお母様のお名前ですね」

一番前方に座すビナリッダの顔は無表情だ。しかし背後に座った女性がさっと視線を落とす。彼女がブリスなのだろう。

ビナリッダは杖を持って立ち上がると、しらを切る笑顔で首をかしげてみせる。

さらさらと銀髪が肩を流れた。

「嘘です。母の刺繍など、たやすく盗めるでしょう、首都に通い商品の翻訳作業を任されるキサラならば」

アッシュは余裕のあるまなざしでビナリッダを見つめた。

「教えていただきたい。彼女キサラは、どこでブリス・デリア夫人の刺繍を盗んだと思ったのか」

「さあ？　どこでもいいじゃない」

「重要な問題だ。もう一度聞く。どこで盗んだと、デリア家ご当主は考えている？」

アッシュの言葉に、ビナリッダは苛立ちと皮肉の混じった笑みを浮かべる。そして唇をつり上げたままフレイヤを見つめ、言葉を吐いた。

「あなたが盗み方を教えたのではなくて？　フレイヤ。同じヴィルカスの女のあなたが盗み方を教えたのなら、簡単ですものね？」

フレイヤがかっとした顔をする。

私が手で制すると、フレイヤは浮かしかけた腰を下ろす。アッシュは淡々と続けた。

「話し相手は私です、ご当主。話をすり替えないでお答えいただきたい。もう一度言います。どこでブリス・デリアの刺繍が盗まれたとお考えでしょうか？」

「あなたこそ話をそらさないで。盗まれた場所は問題じゃない。問題はその王国女が、」

「いや──問題は、そこだ」

アッシュはぴしゃりと言った。

「集落に外貨をもたらす刺繍は貴重なヴィルカスの宝だ。厳重な管理は各家の責務。王国人でヴィルカスに来て日の浅いキサラが盗んだと言い張るのならば……逆にあなたは、デリア家が刺繍の管理責任を問われることになるが、よろしいか」

「……っ……！」

後ろに座ったブリス・デリア夫人は唇をかみしめ真っ青だ。

「ロットは確認済みだ。祭りの翌朝島に到着したロットの刺繍で、なぜかデリア家がいつもの納期より早く島の商会に卸《おろ》したものだ。商会は早すぎたので不思議に思ったらしい。またその時点で納品された木箱の数と実際の納品数に通常とずれがあり、デリア家に確認の連絡をしていた」

場の空気がざわつく。ビナリッダは黙している。

「刺繍の盗難疑いの連絡は、ご当主であるビナリッダ・デリアまで届いていなければならない。どこで盗まれたか知らない、というのは不自然だ。連携がとれているならすぐに『あのロットの刺繍がなくなっていた』と言えるはずです。だがご当主は言わなかった。キサラがそこで盗んだ、とでも言えばいいのに。言えたら、もっと明確にキサラが犯人だと示せたのに──なぜ、できなかったのですか？」

「それは……」

ぐっと、杖を握るビナリッダの手に力がこもる。

アッシュは朗々と続けた。

「言えなかったのですよね？　そこで言ってしまえば、己のロット管理の不手際の理由を説明することになる。そして空いた積み荷の部分に、キサラとリヤを入れていた証拠になってしまう」

アッシュは言葉を切り、冷笑を浮かべて続ける。

「勿論、キサラが勝手に乗り込んだという言い逃れはできません。商品の中にキサラとリヤが堂々と忍び込めるほど、刺繍の管理がずさん極まりないということになってしまうので」

広場に忍び笑いのようなものが広がる。

嘲笑されたビナリッダの眼光が鋭くなり、指先が白くなる。

「……生意気な、手も体も、穢れた男が……」

人々に聞こえない程度の声量でつぶやいた彼女は、深呼吸ののち顔を上げる。

しらばっくれた無表情をきめたのち、ビナリッダはとん、と杖で演台を叩いた。

「とにかく何が言いたいのかしら？　さきほどから口を開けば、キサラは悪くないとかばうばかりで。その女は王国の女。キサラ・アーネストの疑惑がある女。そんな女を擁護する暗殺者の穢れたあなたが、人前でよく重箱の隅をつつくように我がデリア家を糾弾できたものね！」

――議論のすり替えだ。

あまりに感情的な物言いに開いた口が塞がらないけれど、このような場ではかえって、観衆に訴える方が強いというのも私は知っている。

「そもそも騒動の発端は、アッシュ・ユーリフェリス・クレスタが王国から王国女を連れて来たことよ。それによって人々は嫌な気分になり、不和が生じ不安になり、結果として様々な事件が引き起こされてしまったの。ねえ、皆も気づいているでしょう？　今年は女神の怒りを感じることが多いのを」

　ビナリッダはマントを大げさに翻し、銀髪をなびかせ、杖を掲げて人々に訴える。

「王国の襲撃以来、女神の悲しみにより大地や生き物、天候が変わったけれど、今年は一段と違うわ。作物の育ちが違うでしょう？　急に不自然に家畜が繁殖し出したわ。獣が民家に近づくことも増えた。今まで見たことのない花が咲いているのを見た人もいるでしょう？　思い出して。あの王国女が、私たちの女神様を怒らせているという事実を」

　彼女は私を正面から指さす。

　彼女の説得力ある言葉に、デリア家の人々を中心として、次々と言葉が上がる。

「そういえば、知らない花が咲くようになったわ」

「家畜がそわそわすることが増えた」

　人々の不安を煽り、根拠をこじつけて、そして自分の主張に丸め込んでいく。

　人間が理性的なんてことはない。人は信じたいものを信じる。

「魔術師」であり、神官家でもある「デリア家」の「正当な当主」である魔術師、ビナリッダが訴えれば――王国女《わたし》や暗殺者《アッシュ》の発言の理屈なんて吹き飛んでいく。

　こういうときの後ろ盾として州議長代理がいるのだけれど、彼はあくまで代理なので弱い。

　――けれど。私たちには最強の切り札がいる！

「みなのもの、せいしゅくにするように！」

高い声が、凛々《りり》しく場の空気を変えた。

「みなのもの、せいしゅくにするように！」

州議長代理夫人の膝の上から、リヤが立ち上がっていた。

そしてシルネと手をつなぎ合い、二人はまっすぐに壇上へと登ってくる。

しんと、誰もが黙って五歳児の二人を見つめている。

二人は背筋を伸ばして州議長代理に向かって大人びた辞儀をした。

そしてリヤが口を開く。

「しゅうぎちょうだいり。じきしゅうぎちょうこうほの、ぼくリヤと！」

「わたし、シルネが！」

せーの、と言って、二人で声をそろえて言う。

「おはなしして、いいですか！」

「……もちろんです。前州議長嫡子であり、次期候補のお二人には発言権がございます」

「……」

困った顔をするリヤとシルネに、州議長代理はこほん、と咳払いして言い換える。

「いいよ。言いたいことをお話しなさい」

「ありがとうございます！　いくよ、シルネ」

「うん」

二人は手をつないで、壇上に上がる。

話すのはリヤらしい。震えるリヤの手を、シルネがぎゅっと握っている。

寄り添い合う双子は、すべての人々の言葉を封じるのに十分だった。

「……みな。ぼくはこどもで、まだせいじのことでいいたいことをいえるこではない。でもひとつだけ、みなをあんしんさせられることをいえる。みせられる。だから、すこしはなしをきいて……ください」

誰からともなく、皆がだまってうなずく。

あのビナリッダでさえ、毒気を抜かれた顔をして呆然と立ち尽くしている。

リヤは胸を押さえ深呼吸をする。次はシルネが震える声で言った。

「わたし、めがみさまのこといっぱいべんきょうしたの。それでね、それで……えっと……めがみさまは、わたしたちヴィルカスのたみに、だいすきだよのきもちをこめて、ませきとまじゅつをくれたの。あってるよね」

シルネの問いかけに、人々がうんうん、と頷いてあげる。

緊迫した状況だったのが、だんだんかわいらしい舞台に変わってきている。

それでも、リヤとシルネは真剣そのもので本気だった。誰もそれを茶化す人はいない。

——二人は子どもだとしても亡きクレスタ州議長の実子であり、次世代の州議長候補なのだ。

この国において、それがどれだけ重い意味を持つのか、私でもわかる。

シルネは訴えた。

「じゃ、じゃあ! まじゅつがつかえたら、めがみさまがあいしてるってことだとおもうひと!」

ぴっと手を上げるシルネ。隣でリヤも手をあげる。

「みな、めがみのあいしてるがまじゅつだとおもうもの、てをあげてくれ!」

彼らの意図を知らずに、人々は次々と当然のように手を上げる。

州議長代理が立ち上がり、朗々とした声で訴えた。

「これは次期州議長候補、リヤマルス・ユーリフェリス・クレスタとシルネレーム・ユーリフェリス・クレスタによる意思確認である！　議会特別法178条4項により、正式なものと見なす！」

お遊びではない真剣なものだと気づいた人々が、一斉にまっすぐ手を上げる。

デリア家の人々も当然のように手を上げる。これはただの意思表示を超えている。無垢《むく》な子どもによる、女神の意思を信じるかどうかの確認なのだ。

片手を上げ、手をぎゅっと握りあったままのシルネとリヤが、笑顔で頷き合う。

そして――私を振り返った。

「ではみせてくれ。キサラ。……キサラのもつ、めがみのきぼうを」

「承知いたしました」

私は深々と辞儀をして、アッシュを見た。すべての意味を知っているアッシュは、無言で私に近づく。何をいいたいのかわかっているのだろう。

もうすでにリヤにブローチは返している。私は、魔術を見せるための魔石を持たない。

ピアスは大切な人にお祝いに開けてもらうのだと、フレイヤは言っていた。

新たな人生の祝福を与えて欲しい人。欲しい相手は、一人しかいない。

「アッシュ。……ピアスを」

「ああ」

アッシュはピアスを右耳から外すと、魔術で消毒と祝福をかける。

そして私の左耳に手を触れると、一瞬鋭い眼差しをして——耳を、針で貫いた。

「っ……」

耳を押さえて、私は微笑む。少し涙が浮かんでいたかもしれない。

「ありがとう」

「……似合うよ」

アッシュは耳の端を撫で、つかの間何かをこらえるような顔をする。

そして私の背中を叩き、激励して送り出した。

興奮で痛みは感じない。ただアッシュのピアスがそこにあるのが嬉しい。

リヤとシルネの側にいくと、二人は私に頭を差し出した。

微笑んで頷き、わたしは二人の髪に手をかざす。

その瞬間。ふわっとリヤとシルネの髪が茶髪に染まる。人々が息をのむ。

そして二人の髪を変え、私は自らの前に、手を出す。

「炎よ……」

火が、私の手のひらで広がった。髪色変化に半信半疑だった人々も、いよいよ私が魔術を使えることを疑えなくなったのだろう。熱狂のような叫びが、一面に響き渡った。

「嘘よ！　うそ、嘘よ……！　なんで黒髪の王国女が、魔術を使えるのよ‼」

ビナリッダが叫ぶ。デリア家の人々も印を切って神に祈っていた。

「この悪女！　アッシュもたらし込んで、魔術も使って、すべてをめちゃくちゃにして……！」

「悪女……」

指を指され罵られ、私は不思議な気持ちになっていた。

そうだ、私は悪女。

ずっとなりたかったものに今、私はなれているのかもしれない。

私は心からのお礼を込めて、微笑んで言った。

「ありがとう。ビナリッダ。皆さんに伝えなければならないことを、思い出したわ」

「何を、今更……？」

ビナリッダは取り押さえられ、壇上から引きずり降ろされていく。当主の末路を見て諦めがついたのだろう、デリア家の人々はおとなしくどこかへと連れられて行った。

喚き散らすビナリッダの声が遠くなっていく。彼女が消えたのち、私はリヤとシルネを見た。

「……ありがとう、リヤ、シルネ」

私は二人の髪を元に戻し、膝をついてお礼のハグとチークキスをして二人を壇上から戻す。

そして州議長代理に目配せして頷かれたのち、アッシュを見た。

「……アッシュ、言うわ」

「本当に、うちあけるのか」

「ええ。私は誰に対しても恥ずかしくない、あなたの結婚相手《パートナー》になりたいから」

アッシュの瞳に、覚悟を決めた私の顔が映っている。

「祈ってるぜ、キサラ」

「ありがとう」

私は背筋を伸ばし、人々の喧噪《けんそう》が落ち着くのを待つ。そして伝えた。

「皆様にこの場をお借りして、報告しなければならないことがあります」

先ほどの奇跡を見せた後だからだろう、皆一斉に沈黙する。

遠くで聞こえる鳥の鳴き声や風の音、さらに遠くから響くカウベルの音。

鼓動を意識するほどの静寂。私は深呼吸をして、全ての人に届くように声を出した。

「私がキサラ・アーネストであること、それを嫌がる人がいるのは重々承知です。父は取り返しのつかない惨劇を招き、私はそれを止めることすらできませんでした。一生かけても償えない、アーネスト公爵の爵位を持つ者が引き継いでいく罪だと思います」

声を震わせないようにしながら、私は前を向いて続けた。

「だからこそ私は逃げません。キサラ・アーネストである事実から」

石を投げたい人もいるだろう。投げられても謹んで痛みを受ける覚悟で、私は背筋を伸ばす。彼らの感情も受け止める。受け止めてこそ、爵位という特別な身分を与えられた者の意味がある。

「私の母はメイドでした。サンドラ・グノーシュ。国境の街イヴォーリテ。クレスタ州に隣接した、今は封鎖されている街道を抜けた先、王国側の最北端の街。そこが私の母の故郷。そこの文化も人々も、ヴィルカスの方々と通じたものがあります。女神信仰、キサラという名、普通の人々がごくごく当たり前にヴィルカスとイヴォーリテで長い歴史を築いてきた土地です。私はあなた方の生活を破壊した男の娘であると同時に、よき隣人であったイヴォーリテの母の娘でもあります」

言葉を切り、私は胸に手を当てる。

「父は処刑されました。皆様の未来に責任をもつことができません。けれど亡き母は私に王国流の名前ではなく、希望《キサラ》と……名をくれました」

私は深呼吸をしてこみ上げてくる思いを堪えた。

母が与えてくれた希望の名前。母が残してくれた愛情。

父の性格からして、きっと私は望まれて生まれた子ではなかったはずだ。

それでも母は、私に希望の名を与えてくれた。自分の娘として、祝福を与えてくれていたのだ。

「イヴォーリテとヴィルカスで暮らすごく普通の人々が、行き交い、当たり前のように手をとりあって暮らしてきた過去に倣って、私は希望を繋いでいきます。イヴォーリテの私が、愛するヴィルカスの平和のために」

私は一歩後ろに下がり、深く膝を折って辞儀をした。

「どうか皆様の大切な子息と一緒になることをお許しください」

沈黙が続いた。

頭を下げる私に、少しずつ、拍手が飛ぶ。顔をあげる。そこにいる人たちはもちろん一枚岩ではない。わかっている、そんな単純なことではないことくらい。

けれど――少し私を信じてくれると表明してくれる人々がいる。溢れている。

「みなさん……」

アッシュが隣で私の肩を叩く。見上げると、アッシュは優しく目を細めて微笑んだ。

そしてアッシュは、人々に高らかに告げる。

「亡き同胞たち、高祖らのため、生涯を母国のために捧げることを誓う。どうか人生の伴侶として彼女を伴うことをお許し願いたい」

一層、拍手が広がった。

後ろからどん、と背中を叩かれる。

驚いて振り返るとフレイヤが腰に手を当てて頬を膨らませる。

「もう……兄様、キサラ！　私に願う前に、みんなにきいてどうすんのよ！」

そして。きゅっと唇を震わせたのち、涙をこぼして微笑んだ。

「ここまでやったんだから、幸せにならなきゃ許さないんだから！」

私とアッシュは顔を見合わせる。

みんなで微笑みあい、そして拍手に応えるように、深く頭を下げた。

――ハッピーエンドの一区切りは、ここでついたような気がしていた。

このときばかりは、悪女だって幸せに浸りたい。

最終章

死《ルー》に戻《プ》りを、もう一度

断罪劇から三日。

誘拐事件でしらけた分のやり直しとばかりに、一昼夜まるごと浮かれ騒ぐ祭りが行われた。

ようやく終わった朝。

戻った日常。朝日が昇る前に目を覚まし、私はベッドから出て身支度をする。

「……今日で、終わりね」

着慣れたヴィルカスの装束はすでに洗濯して畳んで、返す準備を済ませている。

王国製のワンピースに袖を通す前に、薄明かりの中、姿見に映った下着姿の自分を見つめた。

体中に刻まれた傷。ドレスを着る時は目立たないけれど、私の体は傷だらけだ。

――綺麗だったらいいな、と思わないと言えば嘘になる。

けれど私の人生を雄弁に示すこの傷の先に、この穏やかな朝がある。

――あの死《ルー》に戻《プ》りし続けた期間の傷は、残っていないけれど。

私は傷に、髪に触れた。愛おしかった。

アッシュに出会うまでの道のりは、確かにここに残っている。

それに。

「……ふふ、ピアス。開けちゃった」

私は左耳に触れて、アッシュにピアスを刺された時の痛みを思い出す。

結局あのあとすぐにピアスはアッシュに返した。

普通はしばらくたたないと穴は塞がってしまうらしいのだけど、ヴィルカスのピアスは魔道具としての力もあり、一度貫いたら穴は塞がらないようになっているらしい。

鏡を覗き、そこに穿たれたピアスホールを見て、一人で照れ笑いする。

「開けて貰っちゃった……なあ……」

ふふふ、とまた笑いながら見てしまう。

外がまた明るくなってきた気がして、私は急いで服を着た。

「いけない、遅くなったら迷惑をかけてしまうわ」


アッシュはすでに出立の準備のため外に出ていた。

牧羊犬の食事と世話を済ませ、家畜たちを放ってお手伝いさんに世話をお願いし、掃除を終わらせるとあっという間に時間が過ぎていく。

手足を洗って朝の支度に戻ると、食卓にはいい匂いが漂っている。

シンプルなスープ粥だ。

食卓を準備するフレイヤが私に尋ねてきた。

「キサラもせっかくなら生活魔術を覚えればいいのに」

「生活魔術……？」

フレイヤは己の耳に触れながら言う。

「ピアス開けたんだから、自分用の魔石を買って使えるように学べば？」

「確かに便利だとは思うけど、私はいいの」

「どうして」

「だって魔術はヴィルカスの人たちが隠し通して、大切に守ってきた力だもの。あのときリヤを守れたから、それでいいの。私はあくまで王国人だし、ヴィルカスの奇跡を日常使いするのは、なんだか違うような気がして」

　フレイヤはしばらくじっと私を見ていたけれど。

「ふーん。ま、あんたがそれでいいならいいんだけどさ」

　そういって、彼女はさらっと去って行った。なにか腑に落ちるものがあったのだろう。

　外から賑やかな声が聞こえてくる。フレイヤとアッシュの話し声だ。

「ちゃんと荷物は準備したの？　もっと保存食詰めなくていいの？　新しい服は」

「子どもの遠足か！　わかってるって、そんな荷物多くする必要ないだろ、って、勝手に増やすな」

　言い合いながら扉を開いた二人が、私を見てぽかんとする。

「ごめんなさい、外で、ふたりとも、もう……」

「に、兄様がわるいんだからねっ！」

「なんでだよ！」

　笑いがあふれる生活。この生活を守るためにも――私はアッシュと共に、新たな拠点となるエイゼリアへと旅立つことになる。

――魔術を用いた加工を外貨獲得の手段とし、クレスタ州の復興と発展に利用する。

その提案は州議長代理にも受け入れられ、意欲的な職人に口利きしてくれた。

復興にはもちろん賠償金が使われるが、待ちの姿勢ではなく外貨を得て、積極的にクレスタ州を発展させたいとアッシュは考えていた。そこにオリバーの縁は都合がよかった。

外交。それがアッシュに課せられた新たな使命で、私のアーネスト女公爵の肩書きはいろいろと利用できそうだ。これからも役に立てることが、嬉しい。

今回の出立ではエイゼリアの商会と会い具体的に話をとりまとめることになっている。

一旦その辺りを片付けて、また冬が過ぎた頃、ヴィルカスに戻る予定だった。


出立を前に州議会堂の広場で、私たちは朝から豪勢な出立記念の食事会を開いていただいた。

ヴィルカスに着いてすぐ、遠く眺めているだけだった食事を、私もいただく。

「こんな味だったのね」

「またかえってくるよね？　にいさま」

「キサラつれてくるよね？」

食事会中でもそわそわとずっとアッシュから離れたがらなかったリヤとシルネに、アッシュは少しさみしそうな顔をして抱きしめる。

「大丈夫だよ、今回はまたすぐ帰ってくるから。次の豊穣祭典が来る前には必ず」

「えーおそいー」

「なんかいねむればいいの？　じゅっかい？」

「もっとかな」

「えーやだーさみしいー」

膝に乗って甘えるシルネを見て、リヤが何かを思い直したのか言葉を改める。

「……ううん、シルネやっぱりだめだ。にいさまをしんじよう？」

「しんじるって？」

「にいさまはやくそくをまもってくれるから。それにつよいから。……うん、ぼくしんじてる。にいさまをしんじるのもちゃくしとしてだいじだよね」

アッシュの手をとり、真剣な眼差しで見つめるリヤ。

大人びた顔で頷くリヤに、アッシュは少し目を見開き——そして目を細めて頭を撫でた。

「ありがとう。俺も信じてるよ。リヤとシルネがしっかりと、フレイヤ《ねえさま》とみんなと一緒に元気に待っててくれるってな」

リヤとシルネは顔を見合わせ、嬉しそうに頷きあう。

そんな仲睦まじい三人の様子を、私とフレイヤは一緒に少し離れて眺めていた。

ふと、フレイヤが私を見て尋ねる。

「そういえば……クレスタ州《うち》の職人で、なんだか面倒な細工を作ることになるんですって？」

「懐中時計の部品のこと？　フレイヤも聞いていたのね」

「そりゃあ、職人連中たちが盛り上がってたから知ってるわよ。次は刺繍もお願いするわ」

「フレイヤも話に乗ってくれるの⁉」

「お、お金は大事だもの。ヴィルカスのためよ、別にあんたと特別仲良くなりたいわけじゃないんだから！」

フレイヤと笑いあう。彼女とこんな関係になれるとも、最初は思っていなかった。


送別会は昼には終わった。

私たちは名残惜しく思いながら首都を離れ港町へと馬車で向かう。

数ヶ月のうちに季節が移り変わり、すっかり夏が訪れていた。

港から中継地点の島まではヴィルカスの定期船で向かい、その後オリバーと合流してエイゼリアへと向かう予定だ。

「……元気で」

フレイヤが目を赤くして、私の頬を撫でる。その手つきに愛おしく思う。

見送りの人々に、深く頭を下げる。

「皆さんの大切なアッシュ様を、しっかり守ります」

きっと全員が全員、私を許してくれているとは思っていない。そんなのおこがましい。

こうしてみんなで暖かく見送ってくれるというのが、あたたかくて嬉しい。

最後の見送りに手を振られ、タラップを前にアッシュからエスコートの手を差し伸べられる。

「これからもよろしくな、キサラ」

「ええ。よろしくねアッシュ」

私は微笑んで、アッシュの手を取ろうとした。

――その瞬間。

全身がかっと熱くなった。背後から全身を、何か熱いものがかすめていった感じだ。

「え、」

世界がゆっくりとした動きになる。

アッシュが驚いた顔をして、私に駆け寄ってくる。

前のめりに倒れる私を抱き留めたのち、アッシュは誰かに何かを叫び、魔術を発動した。

爆発音が聞こえる。その爆音を皮切りに、騒然とした人々の声がきこえてきた。

私は視線を下へと向ける。

胸から、杖が飛び出していた。

――ビナリッダの杖だった。

「あ……」

刺さっている。

そう気づいた瞬間、ごぼりと口から鮮血がこぼれ落ちる。

視界が赤く染まる。

痛みが、ようやく遅れて全身を駆け抜けた。

熱い。痛い。怖い。痛い。痛い。痛い。痛い、痛い……！

けれど悲鳴さえ出ない。

痛みを受け流せず、血混じりの涙をこぼす。

私を抱きかかえたアッシュが、返り血で真っ赤に染まったまま叫ぶように名前を呼ぶ。

「キサラ、キサラ、しっかりしてくれ、キサラ」

鮮血で濡れたアッシュ。

そんなこと考えている場合じゃないのに、私は最初に出会った時を思い出していた。

月明かりの下、返り血を拭いながらやってくる美しい人。

アクアマリンの瞳から大粒の涙が、私の頬にぽたぽたと熱く落ちていく。

アッシュ泣かないで。

私は痛いのは慣れているから。お願い。

その気持ちすら、言葉にできない。体が冷えて冷たくなっていく。

「キサラ、キサラ、おい、しっかりしろ……！」

私はアッシュの頬を撫でたかった。愛してるって言いたかった。それなのに何もできない。

アッシュは私の見たことのない顔で慟哭《どうこく》し、私の胸に額を寄せて泣いた。

悲痛な声で何度も呼ばれても答えられない。もう私は終わりだった。

意識が遠のいていく。

「俺を置いていかないでくれ、キサラ……ずっと一緒にいるって、言ってたじゃねえか……！」

アッシュの涙交じりの叫びが、最後まで、耳について離れなかった。

気がつけば私はまた、真っ白な空間にいた。

纏った服も靴も白。まるでウエディングドレスのように、白いヴェールをかぶせられていた。

座った椅子の真後ろに、誰かの気配がある。

女神様だ。見なくてもわかった。

「……私は死んだの？」

女神様は答えない。

答えられないのだろう――私はなんとなく、察した。

「……どうして、こんなところで」

私の声は震えていた。

頬が熱い。だんだん呼吸が詰まって、涙が溢れて、何も言えなくなる。

私は顔を覆う。

楽しかった。色んなことを知った。恋だってした。

悪女として全力で人生を駆け抜けたから、自分が罪深いことも知っている。

報われなくても、しかたないとわかっている。

――けれど、アッシュは。

「……アッシュを……」

声に出した途端、感情が溢れた。

「アッシュを……泣かせてしまったわ……」

──私は未来を誓ったばかりなのに。ヴィルカスに、そしてアッシュにまた不幸をもたらした。

「……キサラ・アーネスト」

女神は静かに告げる。

「戻りたいなら失うものがある」

「失うもの？」

「ああ。おまえではなく、アッシュが」

「……アッシュが……？」

「あの子から大切なものを奪ってでも、お前はあれの隣に戻りたいか？」

「それは……」

私は少し迷った。

アッシュからさらに何かを奪うのか？

私がただ、生きてそばにいたいという願いを叶えるために？

私は彼女に尋ねた。

「それは、命ではないわよね？」

「私は女神だ。ヴィルカスの愛し子の命は奪わんよ」

「じゃあ……アッシュは、それを失っても幸せになれる？」

「おまえが幸せにできると誓えるのなら、幸せになるかもしれない。だが」

彼女は淡々と続ける。

「健やかなるときも病めるときも側にいるという永遠の愛を、永遠の女神である私は求める。誓えないのならば、そのまま死ぬほうがあの子のためだ。代償は右腕かもしれない。目かもしれない。失うのは心かもしれないし、……おまえへの愛かもしれない」

「っ……！」

「それでもお前はアッシュを愛すると誓うか」

躊躇したくなるような言葉だった。

――けれど。

「誓うわ」

迷わず私は答えた。

ためらう理由はない。だって。

「私は元々、アッシュが他の人と結婚するとしても一緒にいるって決めていたんですもの。それくらいで迷わないわ」

「ほう」

「これまで返しきれないものをたくさんいただいたわ。だから……一生かけて、私が彼に返すの。抱えきれないほどの希望を」

私はまだ死ねない。

ヴィルカスに対する償いも終わっていない。

アッシュへの恩返しも終わっていない。

どんな形であれ、私はアッシュの力になりたい。側にいると約束したのだから。

「キサラ。希望の娘よ」

女神は私を抱きしめた。そして額にキスをする。

「……お前が照らしてやってくれ、私の愛し子を」

女神がそう言った瞬間、私は胸が熱くなるのを感じる。

反射的に手で押さえ——襟を引っ張って覗き込む。

そこには微《かす》かな光があった。金色の、優しい光。

「お前は『女神の右目《わたし》』の破片を胸に受けていただろう、傷跡に。砂粒ほどだが、私の力は残っている」

「まさか……そんなことって……」

「当然大きな奇跡は起こせない。だが、どうしてもと望むのなら……一度だけ、お前のために奇跡を起こしてやる。過酷な死に戻り《ループ》を克服した、お前の前途への私からの祝福だ」

女神は力強く告げた。

「行け。私の愛しいヴィルカスの血を引くものよ」

世界が真っ白に染まる。

私は立ち上がり、ごく自然に彼女を振り返った。

アッシュと同じ銀髪に青い瞳の、美しい女性がそこにいた。

「ねえ女神様。最後に一つきかせて」

彼女は黙っていた。

それを肯定ととらえ、私は続ける。

「アッシュのことを愛し子と言っていたわ。ヴィルカスの教えでは復讐は禁忌とされる——それでも女神様はアッシュを愛してくれていた。それはどうして？」

「ヴィルカスが復讐に我を忘れ、血で染まるのをあの子は止めてくれた。己の人生を贄《にえ》として業《ごう》を背負い、責任ある立場に生まれた役目を果たした。そんな子を、私が愛さない訳がないだろう」

「……ありがとう。アッシュと出会わせてくれて」

「当然だ」

彼女は立ち上がった。

光に溶けかけた世界で、彼女は——豊かな黒髪を靡かせていた。

記憶のどこかで見た笑顔と、声と、重なる。私はつぶやいた。

「お母さん……？」

彼女はふわりと、私に微笑んだ。

「『キサラ、あなたは私の希望よ』」

そして銀髪の女性の姿に変わる。

「お前の幸福は、母の願いでもあった。ヴィルカスの血を引くお前の母の」

「そう……だったのね……」

「これが本当に最後の奇跡だ。どうか未来に、ヴィルカスの血を連綿と紡いでいってほしい。キサラ・アーネスト……」

次の瞬間。私は海風に髪をなびかせていた。

タラップで手を差し伸べるアッシュ。

私は反射的に後ろを振り返る。

血相を変えた私の様子に、なにがあったのかと人々が困惑気味にこちらを見る。

後ろから切り刻まれる感覚は起きなかった。

私は背を向けるのが怖くて、じっと犯人を捜すべく視線を走らせる。

困惑気味にアッシュが問いかけてきた。

「……キサラ、どうした」

私はアッシュの顔を両手で引き寄せ、唇を重ねた。

アッシュのアクアマリンの瞳が大きく見開く。たちまち白い頬に朱が散った。

「な、な……」

「愛してるわアッシュ。結婚しましょうね、絶対」

人々がどよめく。フレイヤが「きゃー！」と悲鳴を上げている。

「キサラ、いきなりなんだよ……⁉」

真っ赤になったアッシュにだけ聞こえる距離で、私は顔を近づけたまま言う。

「私、今一度死に戻り《ループ》したの」

「え、」

周りから見ると、キスをしているように見えるだろう。誰も私たちが死に戻り《ループ》の話をしているとは気づかない。

「背後から魔術で切り刻まれて、胸をビナリッダの杖で貫かれたの。近くにビナリッダがいるわ。彼女を捕まえないと。国を出ている場合じゃない」

貫かれた痛みを思い出し、私は我が身を抱きしめる。

アッシュが上から包み込むように抱きしめてきた。

「大丈夫だ。俺がいる」

アッシュはそういうと、すぐにピアスに触れる。

「ちょっとキサラ、まったくもう、人前でなにやってるのよ！」

耐えきれなくなったフレイヤが、こっちまでずかずかとやってきた。

「ごめんなさい、ついアッシュにプロポーズしたくなっちゃって」

「見せつけたかっただけなの⁉　早く行きなさいよ！」

真っ赤なフレイヤにせかされ、私は微笑んで髪を耳にかけるふりをする。

私とアッシュとフレイヤ。

王国女とユーリフェリス家が一ヶ所に集まった、その好機をあえて見せつけた。

そのとき。ごおっと風が吹く。

私はフレイヤを抱きしめしゃがみ、ピアスで防御壁を構築する。

「なっ……⁉」

フレイヤが驚く。

アッシュはそのまま風の刃《やいば》を受け止めつつ、風の方角へと光の矢を放つ。

港の遥か遠くで、ボン、という音と女の甲高い悲鳴が聞こえた。

「え……」

「相手から魔術攻撃をしてきた。今のは正当防衛だ」

呆然とした人々にアッシュは告げた。

私は腕の中で固まったフレイヤの無事を確かめた。

私の防御魔術はまだ未熟で、フレイヤは無事だけど私のワンピースはずたずたになっている。

ヴィルカスで着ていた服じゃなくてよかった。私はアッシュを見上げた。

「アッシュは無事⁉　大丈夫⁉」

アッシュは一見して無傷に見えたので、ひとまず安心する。

リヤとシルネは護衛に守られているので心配するまでもない。

騒ぎを聞きつけて、港警備の人たちがどんどん集まってくる。

アッシュの手を借り、フレイヤと一緒に立ち上がる。

私もフレイヤも膝が笑っている。やっぱり怖かったらしい。

「無事か、二人とも」

「びっくりしたけど、キサラが守ってくれたから私は無傷よ」

「あなたこそ。どこか欠けたところはない？　腕とか、目とか、足とか、指とか、」

「風魔術だと教えられてたから対策できた。キサラの防御魔術もあったしな」

「よかった……」

そのとき。フレイヤが「あ」と声を上げる。

アッシュに向かって指さした。

「兄様、それ……」

「え？」

ばさ、と重たい音がする。

襟を滑って足下に落ちたのは――根元で切れた、アッシュの長いおさげ髪だった。

「あ……」

女神がどこかで、私に笑って去って行く声が聞こえた気がする。

大切なアッシュの何かを奪っていく。

確かに、アッシュの大切なものに間違いなかった。

「……無事ではなかったな」

アッシュは後ろ頭を撫ぜ、しばらくじっと見下ろしていた。

幸か不幸か綺麗にうなじあたりで切れたおかげで、整えれば十分に違和感のない長さだった。

「……そうか。もう必要ないってことなんだろうな」

ふっと笑い、アッシュは落ちたおさげ髪を手に取り、フレイヤに差し出した。

「悪いがこれ、墓参りするときについでに供えといてくれないか」

アッシュの申し出にフレイヤは青ざめる。

「はっ……⁉　兄様、もしかして国外で死ぬつもりじゃ」

「違《ちげ》えよ。一旦区切りがついたようなもんさ、すっきりしたよ」

あれだけ大事にしていたのに、アッシュは妙に晴れ晴れとした様子だった。


渡航は中止だ。私はアッシュの上衣を渡され、ずたずたになったワンピースの上からそれを着る。

そして二人で、ビナリッダが捕まえられた現場へと向かう。

ビナリッダはアッシュによって光の爆発で気絶させられていたが、気を取り戻した瞬間からわめき散らした。

「悔しい……私よりも魔術だって得意で、なんだってできて……私と結婚することよりも、復讐や家族を選んで……許せなかったのよ……！」

ビナリッダはあれこれとまくし立てていたが、途中まで聞いたアッシュは無言で首を横に振り、彼女に背を向けた。

私もアッシュと共にビナリッダから離れる。何といわれても、もう全てむなしかった。

彼女があそこまで思い詰めて暴走してしまうまえに、誰も止められなかったのは悲しいことだ。

フレイヤが駆け寄ってきた。

「兄様、今日は港町に宿が取れたわ。ジラガーツや首都まで戻っていたら大変でしょ？」

「ありがとな」

「二人とも、最後まで災難だったわね」

フレイヤは見送りの人々への対応や州議長代理への連絡を引き受け、私たちをゆったり過ごさせてくれた。

喧噪から離れて広場を歩くと、さきほどの騒動が嘘みたいだ。

歩きながら私はアッシュに死に戻り《ループ》の顛末についての説明をした。

——女神と話した、代償の話も。

宿の前で、私は後ろ手にドアを閉めてもたれた。

「……ごめんなさい」

「何が」

「私の死に戻り《ループ》のために、勝手にあなたに代償を負わせてしまって」

「違うだろ」

「だって、あなたは髪をとても大切にしていたのに」

「だから違うって」

「綺麗だったのに。私、あなたの髪とても好きだったの。それなのに」

アッシュは私の頭をくしゃりと撫でる。

「俺が失いたくないのはあんただよ。あんたのためなら何も惜しくない。決断に感謝するよ」

「……アッシュ……」

私は足を止める。涙が、止まらない。

アッシュは私を胸に抱き、強く抱きしめた。

堰《せき》を切ったように、私はアッシュの胸で泣いた。

アッシュを残して死ななくてよかった。生きられてよかった。アッシュが無事でよかった。

安堵の気持ちで、心の奥の何かが溶けてしまったかのように、私は泣き続けた。

「キサラが泣くの、初めて見たな」

アッシュが穏やかな声でつぶやき、私の目元を親指で拭う。

私を見上げる彼の瞳は、優しい色をしていた。悲しみに泣くこともない。

「私……あなたと生きたかったの。勝手なことをしたけれど……どうしても……一緒にいたかったの……でも……」

アッシュは私の涙を拭うと、目尻に口づける。

息がかかる距離の銀髪に指を通すと、短い柔らかな毛先が手の甲をくすぐるように通り抜ける。

アッシュもまた、私の黒髪に指を通していた。

「だから気にするなよ。そもそも俺だってあんたの髪、おもいっきり切ってただろ。どうしても気になるなら、これでおあいこってことでいいんじゃねえの？」

「私の髪とあなたの髪では、重みが違うわ」

「……それが、そうでもないんだよ」

アッシュはそう言いながら、短くなったうなじをかきあげる。

「俺、女顔だろ。死んだ母さんに瓜二つなんだ」

「聞いたことはあるわ」

「リヤとシルネ、……あとフレイヤのために、母さんに似た姿でいてやりたいと思ってたところがあったから。よく考えたら兄貴が母さんの姿を模すなんて馬鹿げた話だけど、真剣だったんだ」

自嘲するように、必死だった過去を懐かしむように、アッシュは相好を崩す。

「それに……髪の毛の先、母が最後に撫でてくれた場所だった。そこを取っておいたら、俺もずっと兄貴分として、踏ん張っていられるような気がしていた」

「まって。ますます守れなくて申し訳なくなってきたわ」

「もう潮時《しおどき》だったんだ。女神様も、俺から持って行ってくれたんだろうさ」

アッシュは笑う。

「家族のための『親代わり』じゃなく、俺は俺として生まれ直してキサラと生きていけ、ってな」

「アッシュ……」

「しっかし頭軽いな。頭振っても遠心力で振り回されないもんなんだな、短いと」

「……ふふ」

「ん？」

「同じくらいの長さね、今の私たち」

「確かにそうだな」

「これから一緒に伸ばしたら、同じ長さでそろえられるわね？」

「それも悪くねえな」

アッシュは目を細めて微笑むと、私の唇の端に口づけた。

「もっとちゃんとキスしてよ」

「いいのか？」

「ハッピーエンドには幸せなキスが必要だと思わない？」

ねだる私に、アッシュは額を寄せて嬉しそうにした。

「それもそうだな」

アッシュは瞼《まぶた》に口づける。顎に手を添えられ、綺麗な顔が傾いてくる。

私も微笑んで、重ねられる唇を、目を閉じて受け入れた。

――目を閉じたまま、数え切れないほど繰り返した舞台の夜を思う。

悪女は暗殺者に抱きしめられ、殺されて人生を終えた。

カーテンコールにて、笑顔で観客にお辞儀をする彼女は悪女ではない。

彼女は今、何をしているのだろうか？　女優を今も続けているのだろうか？

いつか、探して会ってみよう。

ハッピーエンドのその先の未来に、私は生きているのだから。

憧れの悪女のその先を、見ることだってできるのだから。

「生きていて幸せよ、アッシュ」

「俺もだよ」

アッシュの短い髪をかき乱し、私は抱きしめ、愛を何度も告げた。

エピローグ 「悪女と暗殺者」はもういない

夏の夜明け。私は目を覚まし、ルームウェア一枚でテラスに出た。

テラスからは海が見える。眼下には浜辺が広がっていた。

アーネスト公爵家の所有だった、とあるエイゼリア最大の海商都市の別荘。そこに私たちは拠点を移し穏やかに暮らしていた。

アッシュはエイゼリアで、ヴィルカス連邦の大使として多忙の日々を過ごしている。

私はといえば、アッシュの伴侶として外交の場に出ることもあれば、アーネスト女公爵としてエイゼリア貴族の社交界に出ることもある。

爵位に伴う財産は、唯一国外にあったこの別荘以外は全て失った。

さあどうやって生きようかしら、なんでもやってやるわよと思っていたけれど、立場さえあれば収入の当てもあればそれを元手にした起業もできるというもので、日々忙しいものの、少なくとも穏やかな日々を過ごせている。

ルームウェアがふわりと風をはらんで揺れる。

振り返ると、まだベッドに横たわるアッシュの背中が見えた。愛しいと思う。

あの人に、穏やかな眠りをもたらすことができて嬉しい。

豊穣祭典も終え、アッシュと私は正式に結婚した。

祖国――イムリシア王国はまだまだ混迷を極めていて、とても戻れたものではない。

目まぐるしい国内情勢のなかで、一時期は持ち上げられた私も忘れられ、今ではキサラ・アーネストの名は過去のものとなっているらしい。ヴィクトーが政治家として活躍しているのは聞くけれど、彼との連絡は絶たれたままだ。いつかお礼を言いたいけれど、言える機会はまだ来ない。

昨晩は晩餐会だった。

行楽シーズンを迎えた海商都市では、連日連夜エイゼリア貴族たちの社交の場が開かれる。

その一つにアッシュと参加した。いつものように「絶対にアルコールは口にするな、菓子に含まれてるのも気をつけろ」とアッシュに何度も念を押されながら向かった場で、私は懐かしい人と再会することになった。

あの舞台で悪女役だった女性だ。

彼女は晩餐会で歌手として、見事な歌を披露していた。

女優を引退し歌手業に専念しているという彼女は、驚いたことに悪女役の時と別人のようだった。役作りで染めていた黒髪は元の赤毛に戻し、淡い色の口紅をつけた彼女はまるで、悪女と言うより可憐な女性だった。

歌の後、挨拶を交わしたとき、私は思いきって彼女に告げた。

「辛かったとき、あなたの悪女役が私の支えだったの。私の憧れの悪女だったわ」

彼女は大いに喜んでくれ、私たちはまた会うことを約束して別れた。こんなに簡単に、憧れの人と話せるのだとなんだか不思議な気持ちになった。

お互い悪女を脱ぎ捨てたあとも人生は続く。別人のようになっても、暮らしが変わっても。

彼女との邂逅《かいこう》を反芻《はんすう》しながら、私は朝日が昇るのを見ていた。

夜明け前だったのに、もう空も海も橙《だいだい》色だ。

こんなに穏やかな心地で朝を迎える日が来るなんて、死に戻り《ループ》時代の私は想像もできなかった。

私の人生は、血塗られた永遠が繰り返されるだけだと思っていたから。

「キサラ」

不意に後ろから抱きしめられる。

首筋に口づけられ、私はくすぐったさに身をよじった。

「……おはよう、アッシュ」

「いなくなったかと思った」

「あら、さみしかった？」

「さみしいに決まってんだろ」

素直に不平を言うアッシュは私を軽々と抱き上げると、そのまま天蓋《てんがい》ベッドへと連れ戻す。

柔らかなスプリングのきしみに背を預けると、白い天蓋レースとアッシュが目に飛び込んだ。

「もう少し一緒にいてくれ、……今日は、何の予定もないだろ」

「うーん、でも……」

私は答えながらふと、この景色に強いデジャブを覚えていた。

まったく同じシチュエーションでアッシュに覆い被さられたような気がする。それは昨夜の記憶ではない。もっとずっと、過去の話だ。

「キサラ？」

「思い出したわ」

「何を」

「……私を連れ出してくれたときも、こうして見上げたあなたの目が綺麗だった」

初めて出会ったときも、こうしてアッシュを見上げていた。

そのときの私たちとは、今は何もかもが変わってしまった。

場所も、時間も、互いの立場も姿形も、関係も。

あのとき私はアッシュを幻覚のように美しいと思った。今も美しいと思う。朝日を反射した睫毛まで銀色で、相変わらず、肌は色彩を失ったかのように白くて綺麗だ。

「そんなこと考えてたのか？　あんたを殺しに来た相手に？」

アッシュは笑いながら私の頬を撫でる。

彼もいつしか、暗殺者時代のことを少しずつ笑い話にできるようになっていた。

額に口づけを落とし、アッシュは私を抱きしめる。

顔は女神様のように綺麗で、ヴィルカスでは華奢《きゃしゃ》に見えるほうなのに、こうして覆い被さられるとすっぽりと包まれてしまう。虐待されていたときは、覆い被さられることが怖かった。けれどアッシュに抱きしめられるのは心地が良い。重みさえ愛おしいと思う。

朝を迎える気がないアッシュに諦め、私は彼の背に腕を回す。

うなじを覆う長い髪が手に絡みつかないのが不思議だ。

アッシュの髪が短くなって、もう一年が経つ。

括れるほどの長さにはなったけれど、まだ以前のようにおさげ髪にするには短すぎる。

「……早く髪、伸びないかしら」

天井を見上げながら毛先を指先で玩《もてあそ》び、私は呟く。

「今のあなたも素敵だけど、撫でるものがなくて手持ち無沙汰だわ」

「だから最近よく腕を絡めてくるのか」

「そうよ。だって前はあなたの髪、いつも触っていたから」

最初、アッシュは髪に触れる意味を教えてくれなかった。だからはしたないことだとも知らないで、私はいつもアッシュのおさげ髪に指を絡めていた。今になって思う。もっと大切に触れておけば良かったのに、と。失った後に後悔しても遅い。

さみしがる私を前に、アッシュはなぜかくく、と楽しそうに忍び笑いをする。

「じゃあ短いままも良いかもしれないな、キサラが直接触れてくれるなら」

背に回した手を取り、アッシュは指先に口づける。

じゃれているときのアッシュは、本当に楽しそうだ。

すっかり遠慮のなくなったアッシュに、私は時々不思議な感覚を覚える。

だって私は、この人に殺されるはずだったのだから。

「……ふふ」

私が笑っていると、アッシュが手首に口づけながら尋ねる。

「どうしたんだよ」

「あなた、結婚してから変わったわよね」

「そうでもないぜ？　ずっとあんたとこうしたかったし」

「おくびにも出さなかったじゃない」

「やせ我慢だよ。どれだけ我慢してたか教えてやるっていっただろ」

ふと、アッシュが思い出したように言葉を付け加える。

「そういや最初に一緒に宿に入ったとき、ベッドの上で固まってたよな？」

覚えられていた。顔が熱くなる。

「意地悪！　あ、あのとき怖かったんだからね！」

「俺も怖かったよ」

「どうして？」

「あんたが本当の悪女なら取って食われるかと思った」

「もう！」

私はアッシュを押し戻そうとする。アッシュは笑って私にされるがままになる。

しばらくじゃれあって息が上がったところで、アッシュが再び私の腕を取り、体をシーツに縫い止める。綺麗なアクアマリンの瞳に、黒髪を広げた私が映っている。

哀れな公爵令嬢時代とも、悪女時代とも違う、彼と同じ長さの伸ばしかけの黒髪の私。

瞳が近づく。キスされる前に、私は思わず尋ねた。

「まって。いつまでこうしているの？」

「いつまでもいいだろ？　一日中あんたを独り占めしたい」

鎖骨の下、胸元に薄く残った傷を指し、アッシュが目を眇めて笑う。

「女神様も今日はこうしてろって言ってるぜ」

アッシュの唇が傷跡に触れる。私は愛しい夫の頭をかき抱いて微笑んだ。

「そう。女神様が言うなら仕方ないわね」

『女神の右目』は力を失ったのか、彼女の声はもう二度と聞こえることはなかった。

けれど私たちは時折、こうして胸を指して女神様のご神託を持ち出した。

私たちを繋いだもののかけらは、まだ私の胸に眠っている。

311　死に戻り令嬢は憧れの悪女を目指す
～暗殺者とはじめる復讐計画～　2

死に戻り令嬢は憧れの悪女を目指す ～暗殺者とはじめる復讐計画～ 2

＊本作は「小説家になろう」（https://syosetu.com/）に掲載されていた作品を、大幅に加筆修正したものとなります。
＊この作品はフィクションです。実在の人物・団体・事件・地名・名称等とは一切関係ありません。

2024年6月20日　第一刷発行

著者 ……………………………………… まえばる 蒔乃

イラスト ……………………………………… 天領寺 セナ
発行者 ……………………………………… 辻 政英
発行所 ……………………………… 株式会社フロンティアワークス
〒170-0013　東京都豊島区東池袋 3-22-17
東池袋セントラルプレイス 5F
営業　TEL 03-5957-1030　FAX 03-5957-1533
アリアンローズ公式サイト　https://arianrose.jp/
フォーマットデザイン ……………………… ウエダデザイン室
装丁デザイン ……………………………… AFTERGLOW
印刷所 ……………………………… シナノ書籍印刷株式会社